黑夜白昼

增补新版

寝ても覚めても

[日]柴崎友香　著
木兰　译

中国出版集团　现代出版社

图书在版编目（CIP）数据

黑夜白昼 /（日）柴崎友香著；木兰译. -- 北京：现代出版社，2019.3
ISBN 978-7-5143-7582-4

Ⅰ. ①黑… Ⅱ. ①柴… ②木… Ⅲ. ①长篇小说—日本—现代 Ⅳ. ① I313.45

中国版本图书馆 CIP 数据核字（2018）第 275385 号

黑夜白昼

作　　者：［日］柴崎友香　著
译　　者：木　兰
选题策划：杨　静
责任编辑：杨　静
出版发行：现代出版社
通信地址：北京市安定门外安华里 504 号
邮政编码：100011
电　　话：010-64267325　64245264（传真）
网　　址：www.1980xd.com
电子邮箱：xiandai@vip.sina.com
印　　刷：三河市宏盛印务有限公司

开　　本：880mm×1230mm　1/32
印　　张：8.75
字　　数：180 千
版　　次：2019 年 4 月第 1 版
印　　次：2019 年 4 月第 1 次印刷
书　　号：ISBN 978-7-5143-7582-4
定　　价：42.80 元

目录

黑夜白昼

黑夜白昼

这里整个笼罩在云影之下。

城市在厚厚的云层下面。与大海交界处的填海地上，工厂林立，密密麻麻的建筑挤满了从那里铺展开的街道。建筑物缝隙之间的道路上，行驶着许多车辆，它们移动得过于顺畅，像放慢镜头一样。所有的这一切，都在巨大的云影之中。

但是，对于街上的行人来说，这不过是个阴天。

现在我位于云彩和地面的中间。

那是四月份。

在二十七楼。整个街景都展现在巨大的玻璃幕墙外。

“我用激光枪砰的一下打倒那些家伙，然后他们就会中弹，就会起火。”

走在观光廊里的一个小男孩，挥舞着右胳膊说道。他看上去刚上小学。旁边的姐姐比他大了一圈。凭谁都能一眼看出他们是姐弟俩，因为他们的脸上都有一对粗黑的眉毛。姐姐说道：

“好没劲。”

“烧起来的话，就会变成灰，灰又会变成粉末，把这些灰装到瓶子里，然后再拼命地摇晃。”

“那么，我来卖吧。一瓶五万八千日元。”

五万八千日元？

母亲完全不理会他们，直奔电梯，孩子们紧随其后，离开了窗边。

我将额头贴在直达天花板的厚玻璃幕墙上往外看。浮云下的城市，呈现出灰白色的色调，无边无际，像水槽里一样清澈透明。正下方离这里几百米的道路上，无论是等候信号灯的车辆，还是过马路的行人，都显得非常渺小。隔得这么远，又是那么小，这些东西完全没有变得模糊不清或者感觉粗劣，反而显得做工精巧细致，而且自己全部都能看见这些东西，真是不可思议。过马路的最后几个行人加快了脚步，等候信号灯的车辆也迫不及待地发动起来。隔着二十七层楼，从这个既听不到声音，又体会不到重力的地方，感觉人和车都不是靠自身的动力，而是利用安在地面的磁铁或某种东西的力量在自行移动。这些想法时而浮现在我的脑海里。伸进大衣口袋里的手，则来回触摸着这几周一直放在口袋里的别针的针尖和卡扣，体验着不一样的触感。观光廊里有三家餐厅，尽管是连休的第一天，却几乎没什么人，或许是时间有点不早不晚的缘故吧。

我的右边新来了一对四五岁的姐妹。她们登上窗户下面的护栏，一面惊讶地感叹着，一面指着显眼的建筑物不停地问来问去。她们的母亲以及大概是她母亲的母亲（即姐妹俩的外婆），对于这些问题，一律用“大楼、大楼”这样的一般名词来回答，然后继续聊她们的天。

“……听说山卜去了南极。”

“是吗？那他看到企鹅了吧。”

“山下很喜欢企鹅的。听说以前还养过企鹅呢。”

“山下是谁？”

年龄稍大的女孩问道。可是母亲和外婆没理会她。

“不是不是，好像是鸭子还是鹅什么的，养像企鹅这种东西犯法吧。”

“好像没有什么关系。我就跟别人去过养着企鹅的居酒屋，养养普通活物是不要紧的。”

“或许山下背着我们偷偷地养了一只小的呢。”

“山下是谁？山下是谁？喂，山下是谁？”

女孩离开窗边，围绕着母亲反复追问道。渐渐地她好像不是在提问，倒像是在唱歌。母亲握着在身边转来转去的女儿的手（其实是被拽着），她不去理会那只不受自己控制的手，继续聊天。“山下上了艘摇晃得很厉害的船去了南极，那艘船每次都会有人骨折甚至丧命。然后他打算去马丘比丘登金字塔。因为要休息一段时间，同事们还抱怨来着。山下是有钱人，本来就不用工作，再加上今年是一九九九年，七月份就是世界末日了，对此他将信将疑，所以公开宣布说七月份以前要做自己喜欢的事。不过他这个人爱撒谎，不可信。如果七月世界就灭亡的话，那也没几天了呀。说真的，我们也想出去玩玩。”

“山下是谁？”

女孩大声喊道。母亲一把把她拉过来，女孩的身体有那么一瞬飘了起来。母亲回答道：

“人名！”

对面有一对恋人，男的用左臂搂住女孩的脖子，在低声说着什么。

朝前方望去，天空中布满了洁白无瑕的云朵，在其下方，大阪城一动不动地伫立在那里。近处的几个高楼之间，穿插着无数个小型建筑，城市就这样向远处铺展开来。城市的尽头是群山。左侧是生驹、金刚山、葛城山，这些暗绿色的小山连绵起伏，仿佛淡淡的墨痕。就在认为它们要消失在海边时，前方又冒出个淡路岛，于是墨痕又向右侧继续延伸。绿色群山的后面就看不见了。云彩密布的天空像一张色彩均匀的壁纸，一直贴到与群山的交界处。虽然知道山那边还有城市，但从这里是看不见的。我想起了古人描绘的世界地图。大地的尽头画上瀑布就结束了，而天上垂挂着星星。

在离这里有几十公里远的右方，阳光正好透过云缝照耀在海边。似乎只有那里有个洞，朝向另一个城市。阳光下的大海金光闪闪。临海工业区的烟囱就在那片金光中。烟囱比我用右手在口袋里摸的别针还要小得多。但可以清楚地看到，里面冒出的袅袅烟雾也在阳光下闪光。人的眼睛为什么能看到那么远的地方呢？再次让我感到不可思议。

光线在云海之间四处折射，形成了一个光团。那里的人们，肯定被晃得睁不开眼睛。虽然我不知道到那里有多少公里，但一想到，云影下的这个城市的大部分人都不知道那里有光时，心情不免有点激动。

云层之间的缝隙一点一点地缩小，金光粼粼的海面也渐渐地被云影笼罩。我一直注视着直至光线消失。在此期间，女系家族和那对恋人已经走了。又有其他人走来，发出惊叹的声音。

我约了朋友三个小时后，在心斋桥的大丸见面。在此之前，我是自由的。没有人知道我在这里。

我再次向下俯瞰。光的余像在视野中间变成了闪亮的小黑点。过了一会，黑点消失了，我能够清楚地看到宽阔的交叉路口。在距离二十七层楼高的地方，有人在等信号灯，站在最前面的女子好像抬头看向这里。一个小时前，我也曾站在同样的地点，仰望着同一座大楼。但是从下往上看时，只能看到巨大的大楼白墙和黑色的反光玻璃窗，并不知道最顶楼的这里还有人。或许一个小时前，那里也有一个人从高处看着过马路的我。

我从口袋里抽出手，摸了摸玻璃，感觉凉冰冰的。就在这时，脸上也感到一点凉意。好像各有一滴水滴到了左右两颊。我立刻想到是雨点。正准备摸脸颊时，右手背上也感到凉意，还有水滴溅起的痕迹。只见指尖上沾着水滴。抬头一看，上面有个空调的吹风口。从那种地方滴水很常见。但是无论我怎么凝视，也没有发现聚集而成的水滴。于是我看向脚下。米黄色的地毯上确实有水渍。余光中有什么一闪而过。透明的水滴倾斜而下。但是水痕是在玻璃外面。虽然可以清楚地看清全部水滴，但是无法触及。两滴、三滴，数不清的雨点瞬间布满了窗玻璃。我仰望天空。云彩比刚才还要明亮、有的云层薄得甚至可以看见太阳，雨越下越大。

“您是某某吧？”

回头望去，只见一名男子站着我身后。他身穿有些过时的人字呢棕色西服，看上去有五十多岁。男人个子很高，正用一双凹陷的双眼注视着我。我跟他在哪里见过面呢？大脑自动开始思考。但是没有答案。我不记得跟他有约。我只是因为电梯太挤，懒得下去，所以才上来的。而且他喊的也不是我的名字。

“让您久等了吧。”

男人突然探过头来，嗓音沙哑地问道。

“您认错人了。”

我答道。说是这样说了，可是男人的视线过于强烈，反倒让我觉得是不是忘记什么了。男人似乎还在等我想起来，同时又满脸困惑地看着我。不久，他的视线瞥了一眼窗外，无言地转身离开了。他的背影笔直地朝着大厅中央的电梯方向走去。看着他转过拐角，我才尽量不让他看见，慢吞吞地顺着他的轨迹前行。我藏在墙后，听见电梯门打开和即将关闭的声音，这才偷偷地看向大厅。一个人也没有。三台电梯中，最右面的那个电梯门刚好关上。门板泛着冰冷的白光。

突然，叮咚一声响，这个坚硬的声音，使我浑身一震。中间电梯到达的指示灯亮了。在我抬头仰望这闪烁的灯光时，电梯门开了。上来一个人。不是刚才那个人，是一个年轻人。随着人影缓慢地移动，那个人走出了电梯。我一眼就看到了他的全部。

色彩鲜艳的绿色连帽衫搭配着牛仔裤，赤脚穿着橡胶人字拖，手脚修长，头发不长不短，他瞥了我一眼，然后视线越过我的头顶看向了对面。他没带任何东西。右手插在上衣口袋里，左手垂在腰部。从我身旁走过时，我听见他在唱歌。不知道是什么歌，只知道是日语歌。

我现在在歌唱 欧耶

他明明已经走远，却像是在我耳边唱的似的。那声音仿佛抚摸着我的耳朵。我回过头去，想告诉他那真是一首好歌！他仔细打量着我的脸，似乎在微笑。然后又转过身去，朝着我来的方向走去，消失在拐角处。我发现脚下有一张字条。是淡蓝色的便笺。便笺的一角被撕掉，折成四折。我捡了起来，把它打开。

“买鞋　打电话”。

字是用铅笔写的。我直接把它揣进口袋里，并环视四周看看有没有人发现。好像没人。这是刚才那个人写的，所以无论如何我想占为己有。口袋里有两种触感，一种是纸张粗糙的手感，另一种是刚才已经被我摸热了的别针的金属质感。

我来到了与电梯反方向的北侧的另一个观光廊。这边人很少。

一位父亲抱着一个穿着橘黄色衣服的小孩，正窥视着此处唯一的一台望远镜，想要发现点什么，尽管他们并没有投币。

“亏我还在等你。”

一个女孩背靠在玻璃窗上在打电话。

“错过今天，就吃不到北京烤鸭了。”

为什么非要是今天呢?

身材高挑的女孩带着哭腔，或许她原本就是这样的声音。

我环顾着巨大的玻璃窗，意外地发现六甲山竟然离得这么近。这座山就是城市的尽头。整个城市被这座山所环抱。无论朝向哪里都能看见这座山。如若跑起来，立刻就能到山脚下，或者是海边。

窗外的市街也跟南侧一样，整个笼罩在云影之下。看上去有点冷。当我转身时发现，刚才的那个人正从电梯前朝这边走来。他双手插进绿色上衣的口袋里，眼睛盯着地面。我用右手摸了摸口袋里的便笺，并不打算还给他。因为我觉得上面的内容对他来说丢了也无所谓。而且即使丢了，他也肯定会很快忘记丢失这件事。因此这个东西是属于我的。

他抬起头，注意到了我。再次看见我，他很高兴。

砰砰砰……身后响起了什么东西炸裂的声音。回过头的一刹那，我闻到了一股火药味。滚落在走廊上的双肩包敞着口，从里面咻咻地喷出了一米多高的烟火。金色、绿色、红色，好几种烟火一起被点燃，迸射出火星。墙角处那对激光枪和五万八千日元的姐弟，神情恍惚地瘫倒在那里。

“什么呀？这是！你们俩在干什么？”

身旁的母亲怒吼道。烟火持续了两分钟，亮光洒满了观光大厅。矿物质燃烧起来的颜色，照亮了聚在周围的人们。刺——！火花瞬间变小，然后消失得无影无踪，好像一切都没有发生过。只留下淡淡的彩色烟雾悄然腾起。附近的北京料理店的店员冲了出来。

注意到他就站在我的身边，于是我抬起头来。只听见他说道：

“感觉闪了几下就没了。”

我听见了他的声音。跟刚才唱歌时一样，嗓音低沉。就像是用耳机听音乐，声音在脑海里回响。接着他又说道：

“真好看！”

“是的，非常好看！”

我看向他，笑得阳光灿烂。他看上去跟我年龄仿佛，或者略长于我。二十二三岁。个头嘛，大概算是高个子。因为我长得矮，所以所有人看起来都比我高。

“没有了。”

自言自语的他，似乎看向了我的手。我捏紧了口袋中的便笺纸。他盯着我的脸，然后说道：

“啊……算了。无所谓了。”

“好的。”

听见我的回答，他的嘴角微微上扬。似乎在笑。报警器现在才响起来。“再见了，”说完，他朝电梯走去，乘上了正好开门的中央电梯。

电梯门随即关闭，他的身影消失了。

保安陆续地从楼梯跑上来。“刚才，有烟火被点着了，”要吃北京烤鸭的女孩对着手机说道，她已经不哭了。

中间的电梯围满了保安，我选择乘坐大楼角落的，能看见外面的透明电梯下去。我喜欢电梯下降时失重的感觉。刚才看上去很小的人们，逐渐在变大。又或许是我在变小吧。

大丸百货商店的御堂筋方向入口处的天花板，缀满了星星，好像一个小星空。装饰着淡蓝色、红色和金色的星星。

四点钟时，我上了二楼。

春代拉着带有玫瑰花图案的象牙色连衣裙说道：

“好漂亮！这是什么料子？朝子你也摸摸看。”

我也捏了捏挂在衣架上的珠光色的料子。

“哇啊，好软。好光滑。”

我不由自主地发出兴奋的尖叫，引得两名穿黑色西裤的店员都看向这里。

“朝子，你也太夸张了。不过，这个东西，穿在身上肯定超赞，造型也非常完美。真是太棒了。”

春代毕业于服装专业，如今在服装店打工，她凑近连衣裙腰部周围的缝隙，仔细打量。年方十九的春代，敢于旁若无人地进入这种高级店，令人惊讶。其实，我早就注意到她这种大胆的性格，并在心里暗暗期待能跟着沾沾光。一年前，在朋友的演唱会上，我拿着一架单反相机，小我三岁的她首先跟我搭话，之后我们就经常联系。现在我真心地体会到我的选择是正确的。我喜欢三年前就任于这家品牌店的设计师，虽然电视上播放的服装展览我肯定不会错过，但我还是第一次来到这家铺着绒毯的店铺，也是第一次亲眼欣赏这家的衣服。然而店员对我这种只领过一回工资，不知道能不能买得起一个包包的人，一视同仁，笑脸相迎。地毯松软舒适，一个不小心，就有可能摔跟头。

“会是什么人穿这种衣服呢？一定是又细又高的人，你看。”

春代取下衣架，在镜子前比试着。她身材圆润，完全超出了连衣裙的尺寸。但是她异常白皙的皮肤，与象牙色和红色的布料辉映成趣，令人羡慕。

“要是身材完美的美女穿就好了，不过肯定是有钱的大妈或者挥金如土的大小姐来买吧。”

大妈或者败家女。

春代慢吞吞的说话方式和一点也不尖酸刻薄的脸，使她说的坏话，听起来也没有那么恶毒。

“哇，手感完全不一样。这是用什么做的呢？”

我小心翼翼地拉着一件色泽圆润得有点透明的白色衬衫和绣着小花的翡翠绿上衣的一角欣赏着，生怕弄脏了会要我赔钱。

“这是丝绸吧。哇啊！朝子，快来看这双鞋。”

春代鼓起腮帮，睁大了扁平的眼睛，举起脚背上满是亮晶晶的彩钻的凉鞋给我看。

“好亮！金光闪闪呀！”

店员再次看向这里。两个人都温和地微笑着。春代穿上亮闪闪的凉鞋，对着镜子欣赏。她说感觉自己气质不凡了。

我们还看了紫色的皮包。店员姐姐带上了白色的手套。

接着我们去了斜对面的香奈儿，店内有五个小型的展示柜，均嵌在墙壁上。那里有一个带尾巴的星星，即彗星形状的全部镶满钻石的首饰。总价六千万！带上这种首饰，脑袋会不会被割下来。就像“祸从天降”那句成语说的那样。中间的柜台里放着一对日用和夜用戒指。戒指中间是宽约两厘米的半球形设计。日用戒指是金色的，上面镶嵌着黄色的托帕石和红宝石，象征着正午的天空和太阳。夜用戒指是银色的，蓝宝石代表夜空，钻石代表星星和月亮。戒指美妙绝伦的设计，让我和春代一见倾心。心里充满了对设计出这种绝世精品之人的无比感谢之情。

“如果你们愿意的话，要不要戴戴试试看？”

由于看得太入神，我们俩的鼻尖都快贴到玻璃上了。完全没有注意到一位年龄快接近退休的大叔店员站在我们旁边。

“不了……”

意想不到的事态使我头脑混乱。我觉得像自己这种人怎么敢奢望去触碰价值四百万的戒指（因为是钻石，所以夜用更贵一点）。然而，大叔面露微笑，开始开展示柜的锁。

“只是戴戴看，完全没有关系。请吧，试试看。”

“不不不不，这怎么敢……”

“真的吗？可以吗？好，那我一定要试试。”

春代激动得满脸通红，已经伸出了自己的手。我躲在了春代的身后，藏到了宝石的光芒照不到的地方。

“这种事情可是百年不遇哟，快点，把手伸出来。”

春代用右手拉住了我的左手。我看了看春代那瞳孔已经放大的双眼和笑容温和的大叔，大叔点了点头。

“您要戴哪一个？”

“夜用。”

我脱口而出。深群青色的蓝宝石透明得像海底。在来自天花板的耀眼的灯光下，钻石显得更加璀璨。只是一眼，我就相中了夜用戒指。

“什么嘛。朝子，你还挺会挑的。那么，我就戴托帕石的。”

大叔带上了白色的手套，小心翼翼地一枚一枚地取出戒指。最先取出的是夜用的蓝宝石戒指。我觉得有一股冰冷的血液流过了胸膛。让我感觉到了心跳。我用右手指轻轻拿起夜用戒指，戴在了左手的无名指上。尺寸太大，有点松。原本以为会很重，竟然很轻。与其这样说，倒不如说是我根本就没有感觉到重量。这一定是由一种我不知道的物质制作而成。一定是像深蓝色蓝宝石一样的宇宙中的，某颗耀眼的星星上的某种未知物质。

“太、太合适了。朝子。”

听到春代兴奋的声音，我抬起了头。不知何时，戴着日用戒指的右手已经伸到我的面前。

“春代……春代的也不错。”

光说这些，已经费了我很大力气。

“漂亮吧！”

大叔说道。然后他默默地看着我们俩笨拙地反复互相夸奖。在那一瞬间，我们俩都感觉自己像变了个人，变成了优雅、坚强的女性。

我们将戒指还给了一直保持微笑的大叔。又变回了二十二岁的上班族和十九岁的店员的身份。

我们顺着心斋桥筋店一直往南走。抬头仰望，我发现半透明的拱廊上面有四个黑点在移动。原来是猫腿。我惊讶地要用手指的时候，它已经跑得无影无踪了。知道猫在头上经过，在众人当中恐怕只有我一个。太阳就要下山了，即使那只猫再出来，也不会有人看见。

晚上七点。

来到“彩虹屋”地下一楼时，冈崎已经结束店内布置，正坐在店门口的椅子上抽烟。

“哦哦，谢谢。真是不好意思。”

我将手机递给冈崎，他急忙站起身来，缠着手巾的脑袋点了三下。身材瘦小的冈崎，动起来像只小猴子，第一次在高中入学仪式上跟他说话时，我就这么觉得，现在也时常这样想。冈崎在来店之前，把手机落在别的店里，让我帮他取一下。他是跟今天来弹尤克里里的人借的手机跟我联系的。春代从敞开的大门向店里的人边挥手，边喊道：

“听说你在停车场跟人家撞车了。”

“就稍微擦伤了点。店长说你要是卖明信片的话，就用这个台子吧。”

冈崎身旁有一个折叠式的桌子。桌子对面是旁边店面铁青色的门。长长的走廊里的左右两侧各有七扇门。每扇门的左上方都挂着一个写有店名的带灯的招牌。从对门挂着“绚子”招牌的店里传来了大叔唱卡拉OK的声音。冈崎在一个像麦克风支架的烟灰缸内掐灭了烟。

“我们是九点多上场吧？要不要在这附近转转？”

我们来到了被淡红灯光照亮的地下一楼走廊。两旁的店门几乎都关着。与五楼的大型俱乐部共同举办嘉年华的店铺似乎都开着。或许是在为开店做准备，以前就有的酒吧也只有两三家开着的，偶尔我们还与那些在柜台内吸着烟，衣服和化妆跟店内的装潢一样华丽的姐姐们互相对视。在悬挂着立体吊灯的楼梯上，我们与已经醉醺醺的大叔们擦肩而过。来到一楼，这里又是一条两侧店铺林立的笔直的走廊。一楼“酒吧”“休息厅”的招牌较多，“俱乐部”也是另一种读音（译注：指酒吧）。剩下的楼层估计也是大同小异。走廊尽头开着的门内传来了美空云雀（译注：日本著名歌唱家）的《苹果追分》。狭长的店内旋转灯发出七色霓虹光，光点落在女孩的连衣裙上，形成了梦幻般的图案，此时有两个女孩举起了拿着罐装啤酒的手。

“啊，春代！”

“好久不见！”

她们从后面强行推开吧台的客人，走上前来与春代拥抱在一起。

“春代，今天原田呢？”

“分手了。”

“哎？这么说你和小智交往是真的喽？”

“嗯嗯，怎么说好呢？”

春代暧昧地笑了笑，在狭窄的空间内扭了扭身子。我从挎包里掏出小型照相机，对准了春代。在按下快门的一瞬间，冈崎跳到四方形的取景器里。在这种地方，让我觉得与一个月前我还是学生时一样，自己和周围人都没有什么变化，真不敢相信连休结束后，我竟然要去上班。与其这样说，倒不如说上了一个多月的班的我像是在做梦。

二楼的电梯的正面，有一家店的招牌上写着“不可饶恕（译注：取自美国电影名）”。店铺的门总是敞开的。店面比其他店大一倍，墙上画着像美国西部片一样的荒野、仙人掌和马。红色的沙发上坐着一名穿西装的男子，背对着门口。

在“彩虹屋”的里面，有一个以前酒吧留下的略高的卡拉OK舞台，台上一名女孩怀抱尤克里里，唱着失恋的歌曲，一旁冈崎在敲着细长的大鼓。我和春代在入口边上的小桌子前，卖着用自己拍的照片做的明信片。最先来买的是那两个连衣裙上有梦幻图案的女孩。

“好可爱！这个，太可爱了！”

“这个也超可爱。好可爱，好可爱！”

两个人看的都是猫和狗的照片，我和春代微笑着交换了一下眼神。春假时，我们在露天市场卖明信片的时候，得到的教训就是：卖得好的都是猫呀、狗呀、兽类什么的。而我们喜欢的天空、俱乐部的灯光和水面等，来买这些的人都是另类。对于我们来说，摄影只是业余爱好，因此没有权利心存不甘。总之，要一门心思赚外快，于是今天为了降低成本，我们一下子复印了许多张。

“我要这张和这张。”

“我要这三张。”

“谢谢，啊，还有这种的哦。”

我给她们看了蜥蜴和乌龟的明信片，蜥蜴卖掉了。

“啦啦啦——啦啦啦、啦啦——啦——啦——。”

春代跟着冈崎敲鼓的节奏，小声地哼唱起来。在吧台兼职做酒的，发型像栗子似的短发女孩，买了我最喜欢的梅花的照片，好开心。她说今天她喜欢的人有可能要来，从她的T恤领口可以窥见玫瑰的文身。忘记是什么酒了，红色的酒很好喝。

我们乘电梯去了五楼的俱乐部。不知从何时起，这里聚集了很多人。DJ 不断地放着时快时慢的音乐，在此期间我们只是呆望着空无一人的舞台。

过了半夜一点。在便利店的灯光下，我和春代轮流打着哈欠。我们正用复印机放大给彩虹屋店长的照片。

“噢噢噢，大照片果然不一样啊！”

“我好喜欢彩印的色彩。”

右下方的托盘，正慢吞吞地吐出放大成 A3 的照片。剑兰比原来的照片更加红艳明亮，花瓣的红色和叶子的绿色的边界线融合在一起。春代负责更换照片，我负责投币。

“在这种地方果然也是狗的力量强大啊，猫也不例外。”

“关键不是怎么拍，而是拍什么啊！”

“总之，要有猫有狗。而且是小猫小狗。”

复印纸从右下方出来了。是天空和云彩的水中倒影。撤下来的旧杂志堆在地板上，杂志架子前，一位黑衣男子正站着阅读职业格斗杂志。从同一个嘉年华出来的三个女孩，在卖冰激凌的地方，大声说着某人的坏话。春代进到店的最里面。

“我要买布丁！”

“现在吗？”

虽然不敢相信，但是春代不仅买了，还买一个生奶油超多的大杯。

“小智或许要来了。”

“啊？新噱头？”

“还不清楚，他说，他的爱好是登富士山。”

“富士山？”

长头发店员一直低头看手。我买了带咸味的糖果。穿吊带的女孩们一边说下次遇见那家伙，一定拿刀捅了他，一边分别买了哈根达斯的香草、曲奇香奶和草莓口味的冰激凌。

我跟在继续打电话的春代后面。风俗店林立的午夜的道路上，散发着澡堂的味道。突然一道强光射来，我不由得回过头去。像战车一样的悍马迎面而来，不管看过多少次，我都觉得它又扁又平。“那么我去接他了。”春代冲我摆了摆手，她的轮廓，与悍马的尾灯重叠在一起。

楼梯绕着有灯笼和红色小拱桥的喷水池旋转而下。走廊里回荡着大卫·鲍伊在宇宙飞船上用于联络的歌曲（译注：意指歌曲《太空奇遇》）和含混不清的卡拉 OK 演歌。感觉有水滴到手上。我望向喷水池。水面上荡起的涟漪，反射出天花板上廉价的水晶吊灯的光芒。我来到了彩虹屋的门口，入口处的塑料门帘微微晃动。这里并没有风，一定是被声音震动的。正要进到店里去时，店长从拥挤的吧台内，一边指着右边，一边喊着：“冈崎，看对面。”

再次回到走廊，感觉空气很凉。我隐约听到了像下雨的声音。从这里看不见刚才的喷水池。或许是哪个店在喷水吧。隔壁店的金色大门紧闭着。招牌被涂成黑色，上面用红字写着“B12”。不知为何我拉开了狮子脚掌形状的门把手。同时，从内侧也有一股向外推的力量。我一个不留神，失去了平衡，跌倒在走廊上。门内出来一位穿着带花边的白衬衫的男子和一位穿黑色直筒裙的女子。他们将双手伸到脸旁，不停地舞动着手指，用肘和腰配合节奏，一边旋转一边前进。桑巴的音乐从门口一涌而出。女孩注意到瘫倒在地上的我，惊讶地瞪大了眼睛。

“你怎么了？不要紧吧？”

二人急忙跑过来，从两侧扶起我。女孩的眼睛跟她的连衣裙的布料一样黑。她微笑着打量了我的全身。

“里面有空位，请吧。”

与此同时，男子舞动着大袖子给我开门。桑巴里开始夹杂着哨声。我重新握紧了被男子按住的门把手。感觉像在跟狮子握手。

“谢谢。”

我微微点头致谢。白衣男子和黑衣女孩再次或是旋转，或是踏着快步继续在走廊里前行。

拉好狮子的门把手，我环视店内。里面很大，左侧墙壁是面镜子。长长的吧台跟彩虹屋的设计一样，只是左右相反。像点缀圣诞树用的电灯饰品绕着天花板装了一圈。棚顶还悬挂着许多星星形状的小灯。照明只有这些，我却不由得感叹它的美丽。眼睛逐渐适应黑暗后，我发现那个人就在我的正前方。

“晚上好。”

穿着亮绿色连帽衫的他招呼道。

“晚上好。”

我重复着同样的问候语。

“你好吗？”

他又问道。我发不出声，默默地点了点头。他的脸、手以及所有的东西都是我想再次看到的。

“请坐。”

吧台里一位头发超级长的女孩说道。我坐在他旁边的凳子上。那时我才注意到，他的连帽衫下面穿着一件像夜空一样湛蓝的T恤，胸口上画着白色的星星。夜空里的白色星星。接着我看向他的脚下，他穿着运动鞋。我问道：

“你买鞋了呀？”

“鞋？”

他歪了歪脑袋，笑了。他笑了！我简直高兴死了。所以又问道：

“你喝的是什么？”

“乌龙茶。”

“一样的给我来一杯。”

长头发、大眼睛的女孩将一个细长的杯子放在我面前。我喝了一口，然后听见她笑着说：

“哎呀，跟茉莉花茶搞混了。”

其实哪个都无所谓。

“星星。”他仰望天花板说道，“尖尖的，感觉会被扎到。”

我和他并肩照在镜子里。镜子里面还有一个我，为见到他而感到高兴。

冈崎在对面的店里。那里什么东西都是蓝色的。墙壁是淡蓝色，吧台是绿蓝色。春代领着小智来了，她上上下下打量了三遍坐在我旁边的那个人。坐在对面，抱着尤克里里的冈崎问道：

“你朋友？为了纪念今天的相逢，我来演奏一曲吧。”

虽然黎明时分的空气很凉，但我心情很好。停车场离得很远，我和春代一边抱怨冈崎办事不用脑子，一边帮他搬东西。

“怎么办？这种机缘巧合可以有吗？”

我两手抱着纸壳箱，边跳边说，感觉箱子一点也不重。春代手里拿着装有卖剩下的明信片纸袋，一边晃荡一边说：

“这就是所谓的天上掉馅饼。”

“有点不一样。”

我答道。并且面带微笑。好几个小时我都是这个表情。天空还是像午夜那样湛蓝，街上的空气已经不是夜晚的了。垃圾堆前，一个醉酒的大叔坐着睡着了。老鼠跑到马路中间又回去了。

“朝子，你喜欢那种人？”

春代的声音被两侧的杂居大楼的墙壁给吸了进去。

“不是喜欢不喜欢，就是感觉，啊，等待我的就是这个。”

“我不太相信长成这种脸的人。”

“这种脸？”

“不是说长得帅不帅，就是感觉他知道自己受欢迎。这种人，还是有点任性的地方。”

“春代的确是有看男人的眼光。但是，我理想中的人出现了呀。世上可以有这种事情吗？可以有吧，因为这是现实。”

“人家在认真地与他交谈，但是他的说话方式，让人摸不清他到底有没有在听别人说话。这样行吗？”

春代嘟着嘴，不久，又松了一口气说道：

“不过，这可是天上掉下来的。”

“不是这样的。”

来到停车场时，周围的车都开走了，只剩下冈崎的面包车孤零零地停在那里。冈崎打开后备厢站在那里，车内的灯光将他的身影朦胧地勾勒出来。装好货后，冈崎和春代说是要再跟店长道声谢，原路返回去了。从车旁离去的春代，在胸前轻轻地挥了挥手，手的白色在我的眼睛里停留了许久。

打开自动车门，我浅浅地坐在了中间的座椅上，然后跟先行坐在副驾驶座的麦搭话。他告诉我说，他的名字叫麦。来自东京，之前的一个月借住在神户的一位朋友家，并四处闲逛。

“麦这个名字很罕见。”

车门是开着的，所以飘进了附近商店街的豆腐的香味。我还没吃饭。

麦将胳膊肘放在副驾驶的车窗上，支撑着下巴，一直注视着我。

“我父亲是研究谷物的。似乎是为了礼赞大地的恩惠。妹妹叫MAI，写成“米”字。我比她的名字强多了吧。”

“MAI。”

我反复地、清晰地读着这个名字。其实我是想说“麦”。我已经在心里默念过无数次“麦”。真不敢相信，从昨天见到麦起，只过了十五个小时。在此期间我一点觉也没睡，一直睁着眼睛，我都佩服我自己。

麦用麦的声音说道：

“我已经很长时间没有见到那个给我起名字的人了。”

“好像瑞凡·菲尼克斯（River Phoenix）”

我一动不动地说道。麦问道：

“哪里像？”

“瑞凡·菲尼克斯的父母喜欢自然，所以他的其他兄弟们有的叫‘夏天’，有的叫‘雨’。”

麦将视线移向前风挡玻璃的对面，然后打开仪表盘下的烟灰缸后又关上。我心想麦也想吃豆腐吗？

“他是干什么的？”

“已经死了。”

我不由自主地摸着被扔在座位上的冈崎的防风衣，紫色的防风衣看起来像蓝色。

“River Phoenix 就是不死鸟、河流之意。”

听到麦的声音，我抬起了头，凝视着车内淡黄色灯光下，凸显的麦的侧脸。前挡风玻璃的外面，一群学生模样的人，越过斑马线，走在对面的人行道上。他们似乎特别高兴，在洁白明亮的路灯下，一会儿侧翻，一会儿手舞足蹈。每一次眨眼，外面的空气都变得明快起来。

“河流。”

麦重复着。他的眉毛和睫毛很黑。麦看向前方，我也再次看向外面。只见一个男孩爬上来电线杆，挥舞着脱下来的 T 恤。

“嗯，河流。”

我用最灿烂的笑容答道。刚出锅的豆腐的香味弥漫在整个车内，有点呛人。鸟儿开始啼叫，天快亮了。星星还没有隐去。店铺的灯饰亮如白昼。等间距排列的路灯依旧亮着。不久之后，太阳那强烈的光芒就会照亮所有，这个地方正渐渐放亮。电线杆上的男孩在下来的途中，掉了下来。他身后的女孩抱着他，在大声地说着什么。虽然听不清，但是我知道她在说什么。

我喜欢你！

女孩就这样一动不动地抱着男孩。

五月份了。

长假结束了。

还有三个小时下班，我抬眼确认了一眼挂钟。长假结束后，我决定要定点起床，定点坐车，就像这个目标从一开始就很普通一样，安心于坐在灰色椅子上的我，没觉得工作有趣，也感觉很普通。

我把在桌子上放了八天的、带盖子的马克杯拿到了热水房，在水槽里打开杯盖，发现里面形成了一个绿色的浮岛。味道有点熟悉。我想起以前曾多次让茶发霉的记忆。这是茶水坏了的味道呢？还是霉菌本身的味道呢？我也搞不清楚。我在水桶里装上热水，倒上洗洁精，把杯子泡在里面。确认走廊没人，于是从口袋里掏出手机。我的一个大学同学给我发了邮件，她在一个可疑的健康器具公司任职，现在正在长野进修。她刚换的新型手机，总算学会发邮件，所以总是有事没事发给我。小小的灰色手机屏上排列着许多四四方方的文字。

“每天我都晨跑，越来越健康了。朝子呢？”

我回信说：

“糟了！茶水发霉了。”

我瞟了一眼会客室，发现有五个杯子，于是就拿来跟马克杯一起洗，正感觉自己干活很努力时，朋友又来邮件了。

“作为一个人，怎么可以这样！认真干活！”

我正要回信，听见有人来了，所以赶紧把手机藏到抹布底下。

“泉谷，待会要继续整理财务报表哦。”

日野从一直敞开的门后探出头来。她从三十年前公司成立以来就在这里上班。上司和女前辈们都告诫我说千万别得罪日野。她从今天开始穿半袖。头发也好像刚在理发店弄过，烫过的短发上明显有吹过造型的痕迹。日野非常像傍晚播放的，二十年前的电视剧里的刁钻老太婆的角色。她就是真人版。每次看到她，都让我深感到这里是公司。

“好的好的，马上就去。”

与此同时，抹布下的手机振动了。因为底下是不锈钢的台子，所以声音很响，吓了我一跳。用手机发邮件的朋友多了，就会陷入这种窘境。日野站在门口，视线落在了洗涤台上，然后慢慢地看向我的脸。

“来公司上班，换言之，就是拿多少钱，干多少活。”

“是。”

我应道。拼命地忍着笑。竟然说“换言之”，难不成日野喜欢用汉文？不锈钢台上的手机又开始振动。情况越来越窘迫，但不知为何，我更想笑了，所以只能咬紧嘴唇忍耐着。

“第一会议室。马上来。”

说完，日野向营业部的方向走去。我庆幸没有被她发现发霉事件。我不擅长整理和打扫卫生，所以让各种东西都发过霉，在家里也是开着电视，一整天躺在那里，这种事如果被公司的人知道了，就不好意思再待下去了吧。今后还要一直受公司关照，还是小心为妙。

我又看了一眼手机。来了两个邮件。在咖啡厅打工的朋友问我是否认真在上班，无业游民的朋友说看见了一个全身都是粉色的大叔！

第一会议室里没有人，日野也不在。排成口字形的长桌上，堆着好几十年的财务报表。我绕过叠在一起的椅子，从窗户往外看。同样高度的，对面大楼的七楼所有的百叶窗都是关着的。不过，从来也没有看见它们开过。向下俯视，能看见向长堀桥站走去的路人。在西装革履的人群中，三个或许是新买了衣服的女孩，提着大纸袋并肩走在一起。真羡慕，今天可是工作日。我想起来前几天我也跟她们一样，我久久地注视着映在窗户上的自己的身影——带有蝴蝶结的衬衫，格纹马甲，这种打扮我平时绝对不会穿。若是朋友看见了，或许会笑我像搞角色扮演。

“泉谷，你在看什么呢？”

听到日野的声音，我转过身去，她已经从一头将财务报表分好类，并开始装箱。她的动作是那么的娴熟、自然，让我很受感动，同时我又觉得日野体内或许藏了个带有这种编程的机器人，这种想象让我感到快乐。但是，表面上我手忙脚乱地赶紧从另一侧开始分类。纸割破了手指。想必将来还会遇到很多这种事情吧。公司不像学校，没有学期和结束的时候，只能日复一日地数着，想想都可怕。

“你还处于对很多东西都感兴趣的年龄啊，真羡慕呀！”

日野边整理边说道。我想她这是在说风凉话吧。待会儿给朋友发邮件去。今天有很多东西可以爆料，她们一定会羡慕我。

认真地干了十分钟后，我突然好像听到有虫子在飞。声音越来越响，这才注意到这个声音还有曲调。我看向一旁。用鼻子哼出来的这个声音，好像是从正埋头苦干的日野的脸部发出来的。我从侧面盯着日野的鼻子和嘴巴，想要弄清楚这是什么歌曲或者什么旋律。

“手停下来了哦。”

日野头也没抬地说道。她怎么会知道这边的情况？什么时候我也能练就这身本领呢？

“对不起。”

我边想边道歉，重新回到分类工作里去了。过了一会儿，隐约地又听到了鼻子哼的小曲。我又去看日野了。

“你有事吗？”

“没有。那个……你唱的……是什么歌？”

“什么？歌？”

日野死死地盯着我的脸。然后说道：

“我怎么会唱歌。别说这么恐怖的话。”

“对不起。”

接下来，我和日野继续并肩作业。日野哼的小曲时断时续，我怎么也想不出到底什么歌，并且也没搞明白什么东西“恐怖”。

回去时，在地铁的站台上看见一个连蹦带跳的男人。

六月份了。天气好热。

转过拐角，前方公寓一楼的门突然开了，一个男人边说话边往外走。

“我说去，就一定会去。三百万，给我藏好啦。”

三百万。

男人七八十岁左右。眉间的皱纹深得可以夹张纸。大热的天，竟然穿着西服，而且扣子全扣着。男人的脚下冲出一只黑猫，跳上了对面人家的墙上。

我像走在对角线上一样，横穿过小公园。秋千和安在弹簧上的熊猫和河马在阳光下非常耀眼。此外就是白色的沙子。真的很热。太阳从正上方照射着外围瘦弱的银杏树，一点树荫都没有。感觉我是走在一个大广场上。

公园里面的栅栏对面并排着五栋建筑物。从右侧数第二个木造公寓的一楼，窗户朝这边的就是麦住的地方。窗户是开着的。里面很暗。能听见音乐声。钻过栅栏一侧的小门，穿过堆满了空调室外机和废旧盆栽植物的缝隙，我来到了麦的窗外。音乐停止了，能听见说话声。原来是电视的声音。我把滚落在脚旁的水泥砖堆起来，踩在上面往屋里窥视。

房间四四方方。麦不在家。左侧的墙壁上有一扇同样大的窗户，也是半开着。窗外就是邻居家的墙壁，光线有点暗。每一个窗户都没有窗帘，房间里只有直接放在榻榻米上的电视和垫子。小小的电视屏幕上播放着不知是欧洲什么城市风景，一支听过很多次，但不知道名字的曲子再次响起。厨房和隔扇门的右侧也是开着的。洗澡间的门也敞开的。寄住在熟人家里的麦，上周搬到这里。行李只有一个包和一个纸壳箱。上周六我和冈崎、春代，为了庆祝他乔迁新居，曾在这里一起做饭吃。当时和现在，房间里的样子一点都没变。

我将双臂搭在窗沿上，眺望着房间。脚下摇摇晃晃吓了我一跳。好羡慕他房间里没有东西。我原本打算趁着麦睡午觉，偷偷看一眼。这时响起了脚步声。我注视着房门。门开了，麦出现了。

“你好。”

麦脱了鞋，整齐地摆好，然后向窗边走来。左手拿着一把圆椅。

“你好。”

我很高兴。虽然膝盖碰到外墙粗糙的表面很痛，但我很快乐。我欢快地问道：

“你吃饭了吗？”

“没吃。”

麦放下圆椅坐了下来。这是上星期，我们坐着冈崎的车，特意在扔大型垃圾的日子去捡回来的。椅子是橘黄色，上面画着花，贴着塑料膜。那个花也是我喜欢的罂粟，所以我认为这个世界上还是有一帆风顺的时候。估计要是别的花、别的颜色我也会这么想。干燥的风夹杂着公园里的沙子吹了过来，吹凉了后背上的汗。麦的房间的温度比外面略低。

“你不吃饭吗？”

麦没有回答。这座破旧的公寓是冈崎奶奶的，二楼的三个房间经改装后，冈崎的母亲和哥哥住在那里。一楼最里边的，这间六张榻榻米大小的房间，狭小阴暗，几乎照不到太阳，三年前冈崎把它当作仓库，放些乐器、漫画之类的东西。留级的冈崎从春天开始，在大学附近与朋友合租了一栋独门独院的房子，上个月把行李搬了过去。因此麦住了进来。冈崎只留下一个可以看录像带的电视机。电视里播放的音乐声越来越大，节目结束了。麦到电视机前，换了几次台后，将遥控器放回原处。他的每一个动作，都作为一个独立的行为完成。我很喜欢。

电视上出现了越南的风景。

“我，去过这个地方。”

“是吗？”

“我妈在那里住过半年。”

“什么时候？”

“五年前？”

“麦四处流浪，是受你妈妈的影响？”

“那时很快乐。”

麦看着四方形荧屏里的水田、高大的树木以及笔直的道路说道：

“阳光与这里不一样。那里的阳光、水分和温度，感觉全都一样。”

那里是麦去过的，而我没有去过的地方。脚下的水泥砖乱晃，我差点摔倒。我重新站好。虽然在阴凉处，但还是能体会到背后公园的热度。

“越南也热吗？”

“热得白天没有人出去。店铺一大早就开张，到了傍晚还有的陆续开张。”

电视里奔驰的四轮驱动车，来到了河边。河流宽阔而混浊。

“这是美萩市附近。”

麦说道。

“美萩。”

我反复重复道。脑海浮现出麦走在与美萩相连的道路上的画面。麦走的路在画面的最里边。我觉得自己也行走在其中。

“大阪也有午休模式就好了。”

“好像很热。”

“我对一般事情都没有信心，即使是我很有自信的东西，别人要是反对，我也就举手投降了，但是大阪很热这件事，不需要任何人同意，我绝对可以断言大阪真的很热。”

“这个，很可爱。”

麦看着我耳朵上的红色耳钉说道。一阵喧闹的声音闯进了公园。只见六个小学男生扔下自行车，毫不犹豫地进入守备位置。我这才弄清楚他们要三对三打棒球。站在中间的寸头，扔出了粉色的荧光球。粉色的发光体腾空而起。

麦说道：

“来里面吧！”

“嗯。”

我正要从水泥砖上下来，麦从屋内伸出左手抓住了我的手腕。然后又从窗户中探出身子，右手插入我的腋下。我用穿着拖鞋的脚，蹬着墙壁往上爬。墙壁的表面脱落了。披头士乐队的《她从浴室窗户进来》的歌声，高高地回荡着。我笑着翻过了窗沿，看了一眼电视，里面播放着定点新闻，只有一个播音员坐在蓝色背景前面。《她从浴室窗户进来》的歌曲，或许只是我头脑中的想象。我原以为在这个房间用这么大的音量播放，无论是麦还是公园里的小学生，抑或是二楼的不知道在不在家的冈崎的母亲和哥哥也能听见。我很高兴自己很傻。

我抚摩着崭新而光滑的榻榻米表面。

“收拾得很干净呀！”

“原本就没有什么东西。”

“真好。”

我从布袋里掏出小型照相机，对准了站立的麦。小小的取景器里，可以很清楚地看见缩小了的麦。隔着取景器看麦，他的身体变得又细又长，好像比例失调。

“我讨厌照相。”

“为什么？”

“说是会把魂给勾走。不能照相，因为这是外婆的遗言。”

麦笑了。我也笑了。我放下了照相机。直接对视时，感觉麦的脸一下子变大，靠近自己，我紧张地移开了视线。

“要是有阳台就好了。”

“为什么？”

“可以晒个被子什么的。”

“嗯嗯。”

麦从小冰箱里取出了一个纸盒装的蔬菜汁。

“这是荣子给的。”

冈崎的妈妈是一个热情、健谈的人。春代感叹说，无论是谁，在帅哥面前都很亲切，这样很不好。麦喝的是水，而不是蔬菜汁。我插进吸管，吸起了红色的液体。

我转过身望向自己刚才爬进的窗户。左半部分敞开的窗户，由于逆光，周围的墙壁显得发暗，看上去像一个黑框。外面似乎所有的东西都在燃烧似的，令人眩晕。透过缠绕在栅栏上的藤蔓和稀疏的叶子，能看见公园对面的尽是五层楼的住宅小区。同样大小的，顶部平整的立方体建筑，二乘三，总共是六栋。排列有序的长方形阳台上，晾晒的衣服白得发亮。敲打被褥的声音，与公园的小学生的声音互相呼应。所有的这一切，都收纳在这个边长为一米的扁平的方框里。从隔壁邻居家传来了电视的声音。估计跟这个房间的电视播放的是一个节目，其实声音是重合的，但听起来像一个声音分成了两个。

麦问我：

“你快乐吗？”

“非常快乐。我高兴死了。”

麦蹲在我面前，吻了我。背后感觉到麦的手，我吃了一惊。我突然明白，这个人有自己的意志，这份意志支配着他的行动。这个人不是我。我从来没有想过现实中，除了我以外，会有人关心自己、想要与自己接近。吻了很长时间后，我改为跪姿，然后两个人跌倒在榻榻米上。我感觉到麦摔到头部的震感，但是下面是榻榻米，所以我觉得并无大碍。风穿堂而过。我稍微移开脸，再次看向窗外。四个小学生攀上窗外的栅栏，正用八只眼睛盯着我和麦。我心想，终于他们也听见了刚才那首《她从浴室窗户进来》的歌了，所以他们是来接唱串烧歌曲的下一个部分的。因为他们还是孩子，不知道那首歌，所以就唱了另一首歌。那是在河边打出本垒打的歌。

附近的汽车修理厂着火了，浓烟翻滚。涂料被点着时，发出了巨大的爆炸声。

两周过去了。

到了周四。

第二会议室是长方形，在里面窄的那面墙上有一扇窗户。打开淡绿色的百叶窗，看到的是后面大楼的墙壁。各层楼都有一个斜开着的小窗户，位置与这扇窗户稍微有点差异。白天这些窗户都是开着的。这些窗户勾起了我的兴趣，偶尔我会偷看一下，但是到我六点下班时，这些窗户都关上了。

会议室的角落里放着一台电视和两台录像机。我一边复制刚竣工的建筑的宣传录像，一边在长桌子的一角，填写 OCR（译注：光学字符识读）用的支付传票。用绿色笔杆的专用笔，写出像打印的一样漂亮的数字时，感觉自己成了机器的一部分，非常开心。

正好放在隔壁的咖啡机响了。不知道是谁在那儿。财务部有人在喊“喂”。我可以分辨出是谁的声音了。

称颂新落成公寓的幕外音说到“敝司贴近您的生活”这一段，我准备好了遥控器。这个公寓有组合式厨房设备，并带有洗碗机，我心想，自己将来会有参观这样的公寓，同时算算该贷多少款的一天吗？然后按下了停止键。公司的标志消失了，取而代之的是傍晚的新闻节目。电视上正现场直播在心斋桥新开的一家拉面店前排起的长龙。新手男播音员用欢快而又过于尖锐的声音说他也很期待，镜头转向了队伍中央。

“啊，是冈崎。”

我刚要说出口，播音员就把麦克风递给了冈崎。

“您等多久了？”

“远超过三十分钟了。”

“怎么样？很想快点吃吧？”

“快饿死了。”

冈崎用惯用的像小猴子一样的动作，弯下了腰。姑且赢得了播音室里主持人的笑声。他穿着和上周见面时一样的，印有伊基·波普（译注：朋克音乐教父）头像的T恤。播音员和镜头转向了前面的一对恋人。冈崎激动地望着镜头。我向冈崎挥了挥手。冈崎被晃得眯起了眼睛，没有跟我挥手。播音员进入店里，冈崎从画面上消失了。

我打开窗户，向两个大楼的夹缝里探出身子，看向西方。道路对面的大楼，再往前很远很远的地方，应该就是心斋桥。但是我看不见。快到夏至了，夕阳更加的耀眼。夹在两个大楼之间，被分割成又细又长的街道上，有好几个四方形的建筑在太阳的余晖下闪闪发光。冈崎在排队的拉面店，麦打工的音像店都在光辉之中。再过一个半小时工作就结束了，坐两站地铁，那么我也要加入其中了。

“泉谷。”

糟了，日野站在门口。她双臂交叉，像一尊门神。能看到她的这种形象，感觉自己赚到了。

“那个，朋友上电视了。我有在复制录像，只是偶尔……”

“为什么？”

“他在拉面店排队。”

说完我才意识到，或许日野要问的是，为什么因为朋友上电视，我就要从窗户里探出身子。

“这个时间去，你朋友过得可真潇洒啊！”

“嗯嗯，那个……我想应该是工作的休息时间。”

我觉得在大家都在工作的地方，千万不能说不工作，或者说跟没工作的人是朋友。我也学会跟日野撒谎了。或许我长大了。风从窗户吹进来，资料被吹飞了，落在了日野脚下。

“那个窗户，不要打开了。”

日野没有捡起资料。

关窗户的时候，我目击了旁边大楼的窗户下面，有人伸手关窗户。真希望日野也能看到。

“至少刚开始这段时间，你要努力！”

电视上播放着，在摩天大楼商业会谈成功的男子，喝着啤酒的广告，我关闭了电视。同时听见了微弱的“嗡”的一声和静电“啪”的一声响。屏幕变黑了。日野站在那里监视了我一会儿。我感觉到她的视线，所以尽量动作干净利索地将材料和录像带收拾好。在此期间，我又听见日野哼的歌。大概跟以前是同一首歌。我只是用眼睛往上瞄了日野一眼，就立刻撞上了她的视线，于是我赶紧夸大了一下把资料放进文件夹里的动作。日野哼歌好像是无意识的，她本人绝对不承认。

这是我两周前听说的。一旁的科长插嘴说道：“日野只有在自己喜欢的人面前才会哼歌，她是不是对你很满意啊。”还是不要有这种不切实际的想法好。怎么说我也二十二岁了，对这种我还是多少了解的。刚才关窗户的那只手，要是把它拍下来就好了。

我去了趟冈崎排过队的拉面店。还有人在排队。因为太热，庆祝开业的花已经打蔫了。

七月份了。

到周五了。

下班时间再早点就好了。我不停地看钟。公司会打铃的钟没有秒针，看起来像停止了似的。但是下班时间还是到了。下班后，外面跟白天一样明亮，让我很开心。盛夏的酷暑正式来临。

去麦的住处时，经常在路上碰见一条狗。它总是孤零零地朝同一个方向走去，从来没有看见它回来过。它的鼻尖很黑。拐角处的那户人家，面向院子的窗户总是敞开的。虽然天还很亮，但是所有的荧光灯都是开着的。因此有很多虫子在飞。电水壶和报纸以及装着剩东西的口袋和药口袋，杂乱地堆在桌子上；架子上餐具和杂志混在一起；坐垫被绑在椅子上，这些都看得清清楚楚。这个房间明明被人的生活用品挤得满满的，但是没有人。

“朝朝！”

抬头望去，只见在熟悉的公寓二楼的一角，麦挥动着长长的胳膊。我的名字叫朝子。起初他叫我阿朝，后来逐渐变成“小朝”“朝儿”等各种叫法。把“朝”重复念就是“朝朝”。

麦从生锈的铁楼梯上咚咚地走下来。

“有肉吃喽。”

他高兴地说着，并抚摩了我的头。然后猛然转身上楼，像这家的孩子似的毫不犹豫地进了屋子。并排着五个同样形状的铝门的走廊里，飘着烤肉的香味。虽然有五个门，但有两个是冈崎家的一部分，因此是锁着的。里面的两间有人住着。

“打扰了……”

我一边客气着，一边拉开最前面的冈崎家的门。

“哦，来得正是时候。”

冈崎坐在房屋正中间的桌子后面，手拿着筷子向我们招手。门口右边的洗澡间里传来了流水的声音。冈崎的母亲荣子站在厨房里。

“嘿，你们好！”

荣子穿了一件亮粉色的带斑马条纹和亮片的T恤，右手拿着装有大麦茶的瓶子，左手举着四个叠放在一起的杯子。她一笑起来眼睛和脸颊会出现很多皱纹，很容易让人联想到冈崎上年纪时候的脸。

“阿信的单位附近，有一家不错的肉店。”

冈崎一只手握着啤酒罐，另一只手翻着烤盘上带血丝的烤肉。比冈崎大八岁的长子阿信，前年跟海豚调教师结婚，婚后搬到了和歌山，一个月后就离婚了，再次回来跟荣子住，并在叔叔的土木工程公司上班。洗澡间的水声好像是阿信发出的。

“果然好吃。”

麦往嘴里放了第一块肉后称赞道。我给不能喝酒的麦倒上了大麦茶。

“我说你们几个，快停一下筷子。烤肉要等大家一起吃才好吃吧。”

荣子手里端着亮白色的玉米段和切成月牙儿形的南瓜片，放下盘子后，她坐在麦旁边，打开啤酒喝了起来。

“哇啊，真好喝啊！”

“你自己不也在喝嘛。”

“我没吃肉。”

旁边的盆里，装着被泡在血和酱汁混合液里的肉。

这个房间的结构跟麦的房间一样，就是左右正好相反，但看起来却完全不一样。墙上涂的是淡粉色。柱子涂得更粉。跟荣子衣服的颜色差不多。壁橱的门被卸下来，改成了书架，里面放着文库本历史小说，缝隙之间塞满了荣子做的纸花，好像原本就长在那里似的。书架中间放着冈崎父亲的站在海边的照片，照片四周缠绕着用天鹅绒做的红玫瑰的藤蔓。所有的东西都是荣子的品位。厨房旁边有一扇连着别的屋子的房门。里面仍然是一样结构的房间。

荣子喝了一半啤酒，回到了厨房。麦直接啃着生玉米。

“太赞了！”

麦一边转动着玉米，一边吃。看上去好像真的很美味。

“奇怪的家伙！”

冈崎说道。我也拿起了一个，第一口没咬动。圆柱的表面，一粒粒玉米闪耀着圆润的光泽。

“能吃吗？”

“你吃不了吗？”

这次麦啃起了生南瓜。嚼得嘎吱嘎吱响。我咬了一口玉米。很甜。

“好甜！”

“对吧？”

麦得意地笑了。

“真的假的？”

冈崎也啃了一口玉米，并被这全新的味觉感动了。麦对端着一盘子圆葱、青椒的荣子说道：

“这个蔬菜，很不错！”

“你能吃出来？不愧是阿麦呀。这是朋友种的，没打农药哦。还有很多，我都拿来吧。”

荣子左摇右晃地回到了厨房。开始嗯嗯地哼起了小曲。她从纸壳箱里取出了三根玉米、十根芦笋和一个卷心菜、三根胡萝卜，并把它们都切了。她看上去很高兴。洗澡间的门呼啦一下打开了。阿信出来了。短裤上面赤裸着，身上有被晒过后留下的T恤痕迹，整个身子都冒着水气。

“哎，不是说过别吃吗？果然不出我所料。”

“不过是尝尝味道。”

冈崎又往嘴里塞了一块肉。阿信注意到荣子切好的一堆蔬菜。

“你那个，也太多了吧！”

“蔬菜对身体有好处。”

“问题点在那儿吗？”

阿信从冰箱里取出冰啤酒，站着就喝下去了。

麦被夹在冈崎母子中间，他一直盯着快烤焦了的肉。麦坐在全家人的正中间，谁也没有特意去关照他，好像麦是从很久以前就时常出入这里的亲戚，或许这家人已经忘记了麦的存在。麦想要夹烤好的肉，这时阿信说道：“喂喂，要尊重长辈。”我这才放下心来。但是，麦无视忠告，吃掉了烤肉。

肉和蔬菜都烤起来了。一烤完就被吃光了。

荣子发现已经过九点了，于是打开电视。正是悬疑剧开始播放的时间。靠近日本海的温泉街上，来了一位拥有神秘过去的女子。

“每周不都一样吗？亏你看不够。”

冈崎吃肉已经吃得心满意足了，他回过头看向电视说道。荣子转移到能看清楚电视的位置，用遥控器调高了音量。

“哪里一样了！在这看似相同的剧情中隐藏着一种东西，是叫多样性好呢，还是叫复杂性好呢？总之充满了创造和愉悦。”

“一直追剧的话，是感觉有点什么。”

阿信捧着第二碗米饭说道。他魁梧的身材和四方形的脸跟冈崎一点也不像，倒是很像壁橱架子上用玫瑰圈起来的那个人。

“对吧？还是阿信明白。看到点子上了。有一种东西叫形式美学。

“真的假的？”

冈崎退到墙边。女人在露天浴池的更衣室刺杀了男人。凶器是个很大的剪刀。阿信将饭扒拉到嘴里，拿着啤酒坐着后退到墙角。兄弟俩一左一右占据着窗边。头顶上的老式空调一边发出巨大的响声，一边吐着冷风，仿佛马上就要爆炸了。

“哎呀，还是出手了。”“不行不行，快住手，那种渣男。”“哎呀，不藏好会被发现的。”

荣子对着电视里的人，不停地喊道。冈崎说道：

“整个一个大妈的范本。”

“你这孩子吵死了。啊啊，你看，不就是在对面吗？那边那边。”

电视画面中，一个无论去哪儿旅游，都能碰见杀人事件的杂志记者（她丈夫是刑警），在露天浴池发现了尸体，呀地尖叫起来。头戴鸭舌帽的男子藏在了更衣室的暗处。女记者的毛手毛脚的主妇朋友听到尖叫声，瞟了一眼浴池，也尖叫起来。

“我也理解这种心情。虽然不会像荣子喊出声来，但是看着电视马上就有那种冲动。”

“出声和不出声，就是大妈的分界线。泉谷还不算是。”

“不光是电视，最近，她跟别人也这样。”

墙角的阿信非常宝贝地双手捧着啤酒罐，弟弟则是一只手拿着。

“说真的。”

“有的时候还是告诉人家好。比如拉链开了，或者法式清汤的调料在那边什么的。”

荣子给我和麦的杯子里添上了茶水。麦一直盯着那只手看，然后又看向荣子的脸。

“荣子，真是好人。”

“你们看，还是阿麦懂我。”

“真会说话。”

冈崎看上去有点醉了，以致没有注意到杂志记者的刑警丈夫来了。麦喝完茶，又让荣子倒了一杯。

“对人类来说，交流还是很重要的哦。”

麦笑了。我很高兴。玉米很甜。我烤了一块肉吃下去了。白米饭也很美味。阿信又拿出一罐啤酒，回头看着电视。

“出来了。”

画面上出现了警察的审讯室旁边的屋子。三个警察透过单向玻璃，一边观察着一个被怀疑成犯人的贫穷的、无辜的年轻人，一边互相发泄心中的闷气。荣子指着一个最年轻，五官过于清秀，皮肤略黑的男子。

“啊！这个这个这个，这个人！快看快看快看，好心醉啊！”

“吵死了。谁呀这是。”

“阿麦，你也去干这种工作怎么样？”

荣子交叉着从亮粉色斑马条纹的T恤里伸出来的粗壮的胳膊，歪着脑袋，审视着麦的脸。

“我吧，有这方面的才能哦。前几天，我们店里的一个孩子，我觉得他会有好事发生，结果他就中彩票了。不过，不是两亿哦。是十万日元。没听说过有人中过六位数的。我学过看手相哦。”

“我怎么没听说过。”

冈崎插嘴道。荣子装作没听见，继续观察麦。阿信拿了罐新啤酒，又回到了墙边，目击电视里真正的凶手进行的第二次杀人（担任财务的大叔被从那个旅馆分馆的楼梯上推了下去），然后打开了啤酒。声音非常轻快。

麦看着荣子说道：

“我、干什么？”

麦的眼睛里含着淡淡的微笑。

“我看起来是什么样子的？”

“阿麦吧，大概年龄再大点就好了。现在，前途还不明朗。”

“你这范围也太广了吧。”

冈崎又插嘴道。我觉得他们母子关系真好。麦像一个小孩子似的单纯地问道：

“再大点？那是多大？”

“嗯，四十岁以后吧。”

“太遥远了，想象不到。”

麦温柔地微笑着，吃了一块圆葱。冈崎从荣子面前的盘子里拿走了最后一块玉米。

“真有那个能力的话，先帮你儿子解决问题吧。”

“啊啊。”

阿信发出了深有体会的低沉的呻吟声。

窗外啪一下亮了。带有几何图案的陈旧的磨砂玻璃上，映照出白色的灯光和黑色的人影。我立刻意识到，这是对面路边那户人家的阳台上，有人来取晾晒的衣服。黑影遮住了白色的灯光，又被玻璃上的几何图案分割成若干部分，里面的影子一起动起来。我就这样欣赏着由群青色、白色和黑色的光线构成的断片的集合，在玻璃板上不停地动来动去的样子。

“阿麦的母亲，应该是个大美女吧。”

“是的。”

麦立即答道。

“感觉她是一个多情的女子。如果是和喜欢的人在一起的话，无论在什么地方都能生活下去。那才是女人的乐趣啊。”

“你在说什么呢？”

“我年轻的时候，也曾为了跟喜欢的人吃顿早饭，晚上还坐过大巴呢。”

“是去哪里？”

我给荣子的杯子里添上了茶。茶水是琥珀色。液体静止时，看起来像固体。我喜欢能这样想的瞬间。

“东京哦，东京。去过神乐坂吗？阿麦？”

“没有。”

“以前啊，那可是个有情趣的好地方。乘上夜晚的大巴，到了公寓后吃早饭，做好便当让他带上，然后再回来。啊，那个时候真幸福啊！”

“别讲了。我不想想象。”

坐在窗下的冈崎，不知何时支着脑袋，侧身躺在那里。阿信也是同样的姿势，两人左右对称。

“什么别讲了，谁都有年轻的时候。”

“谁愿意听自己老妈的艳史呀。”

“真好啊，好羡慕！”

我真心这么想。荣子睁大了那双带有鱼尾纹的眼睛，吃惊地望着我。

“你现在不正是好时候嘛。”

公寓前飞驰过一辆轰隆隆响的摩托车。

帮忙洗碗时，荣子说：

“你不是一个人住吧。周末一直来这里，你肯定跟家人说是去朋友家了吧。”

玻璃门店对面，冈崎醉倒在榻榻米上睡着了。麦拿着我的化妆品在他的脸上作画。阿信说是要还录像带，骑着自行车出门了。热水器里的煤气燃烧着。火苗是蓝色的。燃烧时发出声响。

“嗯，差不多吧。”

我暧昧地答道。荣子知道我今后也不会告诉家人。她回头看了一眼身后，在我耳边悄声说道：

“刚才晚上坐大巴的故事，是阿信三岁时候的事。”

水滴到水槽里，为什么发出这么大的声音呢？

“要保密哦。”

我无声地点了点头。

我拿着热茶回到了屋里。冈崎毫无声息地睡着了，不禁让人担心他是不是死了。麦坐在屋子中间看电视。在此之前，警车来到了沙滩，解决了连续杀人事件。女杂志记者对着真凶（一共杀了四个人）的妻子说：“不享受今后的人生怎么行。”还眨了下眼睛。

新闻简讯开始了。自己的女朋友去风俗店面试，被店长骚扰了，男子就用蝴蝶刀捅了店长，店长轻伤，要一周才能痊愈。麦看着电视说道：

“(犯人）一点都没有错吧。”

我在炕桌上放了两杯茶，自己喝了一杯。播音员播报了下一个新闻。“因为想扔掉佛像，所以需要帮忙”，收到这种委托的便利屋的老板去了委托人的家中，要运的是个用棉被包起来的真人大小的东西，那位老板觉得很可疑，帮忙扔到山里以后，打电话报警了。

麦转过头来说道：

“朝朝如果有不测的话，我会去杀了那个坏蛋，所以不要紧。”

“嗯。”

我点了点头。

经过搜查，警察发现了被埋在山里的女性遗体。对男委托人进行讯问后得知，他因为吵架一时激动，掐死了对方。警察以遗弃尸体的罪名逮捕这个男人。关于杀人罪的调查也在进行中。

“去风俗店面试之前就应该阻止她。”

荣子拿着一大杯红酒站着那里。麦一副恍然大悟的神情，重重地点了两下头说道：

“明白了。如果没有钱，我去偷吧。比如便利店？所以不要紧。”

“哪里不要紧了。”

我说道。麦笑着没有再说下去。我想抱着麦的脖子跟他说我很开心。在脑海里我是这样想象的。荣子也微笑着喝着红酒，似乎赞同我的想法。但实际的画面是：我坐在榻榻米上喝茶，荣子则喝着红酒看电视。从来没有见过的，住在里面的人经过了走廊外面。嘴里唱着类似于宝贝、宝贝、宝贝、请原谅我，回来吧之类的歌曲。

走廊的栏杆上停着的金龟子非常漂亮。是彩色的。

我睡着了。

第二天，我被熊蝉的鸣叫声吵醒了。命命儿、命命儿地，声音好像要从外侧摧毁麦的整个房间似的。我用睡得迷迷糊糊的脑袋想象着：声音先从窗户上方终于安装上的空调和窗框之间的缝隙侵入，然后逐渐地从窗户、墙壁和裂缝等地方涌进来。这个四方形箱子的外侧，正被蝉的大军所包围，完全被蝉鸣声吞没了。

不用看我也知道，身后的麦正在墙边，脸朝上，舒舒服服地躺着。我在垫子的一头侧卧着。把毛巾被拉至肩膀。顺势垂下的手摸到了榻榻米。虽然阳光不能直射进来，但房间内仍然很亮。我觉得太阳的威力真大。现在，半个地球都像这样整体明亮起来了。

麦在身后动了动。他的胳膊搭在了我的肩膀上，后背也感觉到了麦的脸的触碰。这种感觉，是自己触摸到麦的肌肤的感觉呢？还是麦触摸我的肌肤的感觉呢？我越来越搞不清了。

“好困。”

我迷迷糊糊地想“好困”是指已经起来了的意思吗？我和麦在同一个地方，睡醒后麦也在，麦抚摩着我说好困。这种事情的发生超乎了我的想象。心情无法平静。与麦相识以来一直是这样。我想既然静不下心来，那么就睡觉吧。在半梦半醒之间，我梦到了自己乘上了宇宙飞船。因为没睡着，所以这也不算是做梦，我的想象慢慢地自己展开了翅膀，随即又被拉回了现实。我乘坐的宇宙飞船是个球体，虽然它移动的速度惊人，但是里面的我只感觉它在晃悠悠地飘着。电梯开始下降的瞬间腿脚发软的感觉也不断袭来。于是我醒了过来。摸着麦的胳膊，我又回到了飞船上，我觉得整个房间都在快速地移动。以前我曾看过一个电影，主人公回到地球时，已经过去几百年了，地球上一个人也没有。实际上只过了一秒，好像是这样的结局。他们所到之处一般都是像沙漠或者沙滩这种地方。我有一种走在沙滩上的感觉，麦的手离开了。他悄悄地爬起来，在壁橱前穿好衣服。壁橱的衣服很少，都叠得整整齐齐地放在上面。下面只有一个印有橙色橘子的纸壳箱。此外没有任何东西。

“我去面包店了。”

“我也去。”

但是我很困。麦笑了笑，蹲在我的面前，摸着我的头发。

“朝朝的份儿我会买来的。你要什么面包？”

“不甜的那种。”

“甜的和不甜的。”

甜的和不甜的，麦边唱着，边在狭窄的门口弯腰坐着穿鞋。我注视着他的后背。T 恤是绿色的。我伸出手，从滚落在榻榻米上的包里取出了照相机。透过取景器，感觉麦后背的绿色似乎微微发亮。好漂亮！漂亮得有点恐怖，我正要按下快门，麦回过头来。被抓了个正着，我只好放下了照相机，麦用一副质问的眼神看着我，然后又笑着摇了摇头。

“啊，对不起。”

我不由得小声嘟囔道。麦在门口站起身来说道：

“大阪的蝉，叫起来像在原始森林啊。”

“你喜欢吗？”

“高亢的声音越来越多。”

麦关上房门。我想象着外面已经被绿色植物所覆盖。熊蝉的声音一刻不停地，让整个空气持续振动，即将摧毁这座房龄三十五年的公寓。

我站在单行线的马路中央，眺望着远方。地面上腾起了热气。在晃动的热气中，看见有一个自行车在横穿马路。蝉已经不叫了。

“你在干吗呢？”

循声望去，从二楼房间的窗户里冈崎露出头来。昨天他似乎喝了很多，所以就住下了。我仰头说道：

“麦说去买面包，已经两个小时过去了。”

冈崎面不改色地看向我刚才看的道路的尽头。然后转过身来。

“那家伙，有点那个吧？”

“有点哪个？”

冈崎关上窗户，消失在房间里。几秒后，他打开门，从楼梯上走了下来。他坐在楼下下面的水泥台阶上抽起了烟，说道：“麦从刚搬来的第二天起就有两天左右不见踪影，在难波喝酒的时候，中途说是出去打电话，又失踪了三个小时。”

“他跟泉谷在一起的时候，说实话，我也有点担心，泉谷，你不要紧吧。”

“什么不要紧？”

我不觉得冈崎说的，跟我喜欢麦这件事之间有什么关系。马路上过来了三个滑单排轮滑的女孩。她们都穿着淡粉色的衣服，“魔法奇迹什么的啦啦啦”，其中一个女孩高唱着动画片的主题曲。经过的时候，右边的女孩说道：

“不好好做的话，以后就麻烦了。”

“怎么说话跟个大妈似的。”

中间的女孩说道。细长的道路上回荡着她们轮滑鞋发出的咕噜咕噜的声音。这时，一个想法浮现在我的脑海里，莫非麦是因为不喜欢被拍照才不回来的吗？但是我没按下快门，所以这个想法不成立。最终我得出这样的结论。

冈崎挺身站了起来。

“啊，不过他后来付了酒钱，他也不像是做事出格的人。就是那个，有点懒散，我觉得他本质上还是一个不错的家伙。”

“不错的家伙。”

别随便打圆场，我心里嘀咕道。随便让我担心，然后又来关心我，真让人生气。还是担心一下留级的自己吧。我摸了摸牛仔裤口袋里的手机。还好麦没有带手机出去。因为我更加不喜欢，他带了手机却不跟我联系。冈崎欢快得有点奇怪，他右手朝上，左手毫无意义地上下摆动。

“你要上来等吗？麦晚上不是要打工吗？那么应该很快就回来了。”

“我回去再睡一觉。我好困。”

犯困、想睡觉都是真的。我不会对自己撒谎。冈崎更加不知如何是好，他故意摸着头发和腰部说道：

“啊，是吗？我待会去阿古那儿。复制 CD，然后包装。泉谷也来吧。”

“春代说她可能会去。”

“啊，那么，一会儿见。”

冈崎跑上楼梯，中途又回过身来，特意亲切地告诉我随时都可以到楼上来。

斜对面人家的杂种犬，对着快递员使劲地吠着。

我回到了麦的房间，打开了电视。换了一圈台，最后决定看跟全国的长寿老人讨教长寿秘诀的节目。一百零二岁的老爷爷每顿吃一个苹果，百岁的老奶奶从去年开始记日记。我在房间内转了一圈。

屋内什么都没有，我就依次打开窗户、门和拉门，然后又关上。我打开壁橱，在印有“有田橘子”纸壳箱前蹲下。搬家的时候，麦的行李只有这个装橘子的箱子和一个包。虽然没有贴胶带，但是箱盖盖得很严实。我伸手摸了摸盖子。想要打开箱子。我听见电视上的老奶奶说，诚实地活着才是最重要的。但是一旦打开箱子，我觉得麦不回来的概率就更高了，于是我放弃了。关好壁橱，我躺倒在空无一物的榻榻米正中央，闭上了眼睛。听着电视的声音，脑海里也渐渐思考着电视里的事情，心情逐渐快乐起来。我闭着眼睛，不知不觉地就睡着了，还没察觉到自己睡着了，又睁开了眼睛。麦站在靠近头部的地方。

“我走到那边的小学对面，看见一家不错的澡堂，进去泡了一会儿，三个小时就过去了。”

“澡堂？”

麦俯视着我，他的脸在没有阳光，有点昏暗的房间里显得模糊而白皙。他右手提着的面包店的口袋，则显得更加苍白。

“对不起。”

麦与其说是道歉，不如说是伤心，说完他躺在我旁边。在酷暑中走过的麦的体温，时隔多时又再次传来。我摸着麦的脸加以确认。电视上关胁正和小结比赛。[①]

“要下雨了。”

① 关胁和小结是相扑选手的称号。——译者注

我听见了麦的声音。

拐角那户人家的墙壁上贴着“月下美人[①]开花了，欢迎来观赏”的纸条。进去后，看到了硕大的花朵。我问了老奶奶这个夏天的计划，还喝了大麦茶。之后就再也没有见过。

在公司，旁边部门有个人说是要成为小说家，辞职了。明明不是一个部门，却被分到了一部分工作，工作量增加了。

夏天天气很坏。但是无论是晴天还是雨天，无论是盛夏还是余暑，我都很快乐。

十一月份了。

天变冷了。

好像被扫帚扫过了一样，白云和蓝天都高高在上。我们坐着通勤大巴来到了山顶上的大学，天空比平时我们待的地方近好几十米。

正门有一个角色扮演或幻想电影里才有的，用石头砌成的大门。上面用金色写着“学友会”几个大字。从远处看是石头，在近处看才发现底座是桌子，上面是缠着纸的铁管，做得实在是太逼真了，让我深受感动。我和春代还拍了纪念照。快门是请一个穿着皮卡丘的男同学按的。

① 昙花。——译者注

在两旁是榉树和樱花树的大道上，褐色和红色的叶子，以及偶尔显露的黄色叶子笼罩在头顶上。仿佛走在橙色的光线中。

“坏了，没信号了。”

春代想要问问先行到达的冈崎，有没有落下的东西。两个人的电话都打不通，只能感叹“果然是山里”，然后把车上纸口袋、箱子之类的都带上，走出了停车场。沿着蜿蜒的坡道缓缓而行，春代一会儿左看看，一会儿右看看。两侧的校舍有咖啡厅和玻璃门厅，全都是崭新的。

“大学真好啊！我也上大学就好了。这不正是校园生活的感觉吗？”

“那也要看学校。我去的学校，校舍像旧的镇政府，学校的文化节也很土，没人来。”

“阿朝，快乐的事情就应该说快乐。你要向着光明活下去哟。”

春代两手提着装有塑料板的口袋，一蹦一跳地走着。可能是天气好的缘故吧。紫色针织裙的裙边摆动着。我们与五个穿着水手服的男同学擦肩而过。他们全都剃掉了腿上和胳膊上的毛。

“那个，跟我念的中学的校服一模一样。”

男孩们的水手服是米黄色的，只有领子是蓝色的，边线和蝴蝶结是绿色的。

“很可爱嘛。特有水手服的感觉。我中学、高中都是西装。”

我也学着春代蹦蹦跳跳地走着。怀里抱着的饼干罐里，明信片和签字笔被摇得嘎啦嘎啦响。

爬到坡顶，来到了一个三面被本馆包围的广场。外围种有十棵高大的银杏树，叶子无一例外全部是黄色。榉树、樱花树和银杏树一起变颜色，是因为跟山脚下的大阪城相比，这里的气温更低。

地面上也铺满了金黄色的银杏叶。因为底下是黄色，所以这里整体都显得更加明亮。

“哎哟，N 大的加藤一个脚踝固定，S 大的坂本，难道是要输了吗？”

广场中间有一个擂台。老虎面具 1 号和老虎面具 2 号与黑紧身裤 1 号和黑紧身裤 2 号的两两对决。老虎面具是橡胶做的，还真有点像老虎的脸，越看越觉得脖子以上是老虎种族的生物。老虎队是一个身强体壮的人和一个瘦弱的人的组合。而黑紧身裤队的两个人都是同样的中分发型，头发很长，矮小体胖，分不清谁是谁。实况转播台是手工制作的，好像车站卖的便当，一个男子抱着它，在擂台上来回跑。零零星星有一两个客人，笑着看比赛。

“男人真傻。”

春代斜眼看着裸露着上半身，躺在擂台上扭打在一起的，瘦弱的老虎和黑紧身裤 1 号说道。

“那个，好像真的很痛。”

“真的吗？好奇怪的爱好。”

穿过广场，是一个有足球场那么大的运动场。进去马上就可以看见一个铁架子搭的舞台。庆祝活动从晚上开始，主题是“迷幻学园文化节鲜花＆黄金”，因此栅栏旁边的招牌上，用二十世纪六十年代的歪体字写着表演者的名字。

“哦哦，谢谢，请放在那里。”

冈崎从舞台边上的铁塔架子上喊道。舞台上有五六个不认识的人，在安装乐器和配线。麦也混在他们中间帮忙。不知道他们是怎样的一个关系网，总之，冈崎他们经常去参加别的大学的活动。

在舞台背后，阿惠和阿美摇晃着向我们展示了，用金色和银色胶带做的风幡。

“回来了，快看快看。”

“我们做了很多哦。”

我们今天早上才认识的阿惠和阿美是这里大二的学生，两人的生日巧合一致，因此成了好朋友。虽然生日一样，但身高却差了十五厘米。

“颜色统一起来好漂亮。”

我一边说着，一边坐在舞台后面摆放啤酒箱子的地方。

“或许金色和银色搭配起来也不错。”

坐在旁边的春代取出了塑料板。为了让照明发出梦幻的色彩，我们负责给塑料板涂色。舞台朝向运动场，因此转到后面，就可以隔着栅栏清楚地看到格斗场地。这次是筋肉型老虎从支柱上往垫子上跳。他的跳法跟往游泳池里跳一样。“好、好！”观众们鼓掌欢呼。

一阵大风吹来，银杏叶被吹到了运动场上。扇形的叶片中间有个小豁口。同种树木的叶子，形状全都相同，这真是不可思议。

格斗比赛还在继续。这么长时间，真不明白他们都在干什么。我看见了掉到场外的黑紧身裤 2 号。他滚落时撞到了钢管椅子上，正抱着小腿胫骨。我只是单纯想知道，到底有多痛。

“那个人，你认识吗？”

我循着春代的声音，向前张望。只见麦在校舍门口跟一个矮个子、白头发的人在交谈。

“不清楚。”

麦指着校舍的方向，然后像跟熟人打招呼似的挥了挥手，钻进自动门里去了。穿着绿色连帽衫的修长的背影，逐渐隐没在漆黑的大厅里。穿着茶褐色西服的大叔横穿过了广场。

“那是老师。”

听到阿惠的声音，我回过头去。阿美不知道哪里去了。

“那个老师，做事超级有规律，上课时也是踩着点来，踩着走。中午散步时，每天都走一样的路线，转弯的时候都是直角。”阿惠模仿直角转弯的动作。那位老师真的在对面转弯处停下来，然后转弯，再笔直地走下去。

“那位大叔的领子是不是有点文化人的感觉。”

听到春代的话，我觉得他的立领衬衫白得更加耀眼。

“衬衫也必定是那种。”

阿惠很亲切。我看了一眼麦进去的校舍的黑暗的窗户说道：

“听说，穿那种领子的人，是因为不想系领带。”

“谁说的？”

“是谁呢？忘了。”

我忘记问阿惠是什么老师了。对于油性笔的味道我也渐渐麻木了。

给塑料板涂完橙色翻过来，准备拿下一个板的时候，我发现自己的左手也变成橙色的了。

“哇啊，糟糕。”

“呀呀，我也是。”

春代也尖叫道。春代的膝盖都绿了。就在我们二人哇哇乱叫时，四个女孩从面前经过。她们今天是来参加表演的，在吉他盒上挂着许多玩偶的两个女孩，之前也曾见过。走在最后，发型像小野洋子（译注：音乐家、先锋艺术家。披头士乐队里的约翰·列侬的妻子）的女孩，一次也没有与我对视过，虽然不知道理由，但参加别的演出时，她也对我们视而不见，因此在她们上台之后，我和春代说了这个不知名的女孩的许多坏话。我们开始各自往第二块塑料板上涂蓝色和粉色。

“大学里，春天和秋天，都搞活动，什么时候学习呀？”

“或许，这种活动的时候，真正的大学生都去打工或者旅游去了，学校里剩下的都是像我们这种人。不论是冈崎、我们俩还是在这做准备工作的人，大部分都是外部人员。”

“阿朝，这是不可能的。那两个人以及其他人都是真正的大学生，我们才是假的。我们是少数派。”

解说格斗比赛的男子，叫得很大声。只见一个人冲到了擂台上，他上身穿着带有铆钉的无袖皮衣，下身穿着超短裤和带网眼的丝袜。

“好像很有意思。”

“有意思。”

我说道。春代将照相机对准了我，我比画了一个V字。春代按下快门的同时，头顶上方的舞台传来了说话声。

“刚才我也说过，我认为这种方法行不通。”

“啊啊，知道了。”

抬头望去，只见一个将长长的金发扎在脑后的男子，坐在扩音器上，正在跟冈崎乐队里打架子鼓的朝日找碴。在这种活动上，我们经常能见到他。听冈崎说，他是澳大利亚的留学生，名字叫杰弗里，喜欢的乐队是金属乐队。

“我们应该好好谈谈，这眼瞅着就是要失败的嘛。”

他那夹杂着大阪方言的日语，说得奇怪地好，反而更让大家生气。朝日一边把绑在一起的线缆解开，一边保持着微笑，我觉得他人真好。但是杰弗里不能理解他的这份心情。

“不要紧这句话，是在说服对方相信毫无根据的事情时使用。民主主义是强行让人接受多数派吗？”

“谁也不会让你担责。”

朝日表情温和地拍了拍杰弗里的肩膀，没想到杰弗里打了他的手。冈崎像猴子一样从铁塔上滑下来，来到我们这里。

“那家伙，太爱较真。说出来心里就舒坦了，一会儿他就会说够了。心眼儿倒是不坏。”

接着冈崎又蹭蹭地爬上了铁架子上。春代打了个哈欠。

“度量小的男人不行啊，澳大利亚不是很悠闲的地方吗？”

我突然想起大学同学去澳大利亚旅游回来说，有很多人光着脚走路，感觉大家都很穷。

阿惠和阿美，把金色和银色的风幡装饰在舞台正面后，又回来了。“能不能帮我们看看？”说完，她们开始练起了今晚要表演的歌曲和舞蹈。伸出右手，再伸出左脚，转一圈，再转一圈。

春代不停地给塑料板涂上蓝色，突然毫无征兆地，她的脸松弛了下来。

“你好像很开心。”

听见我的话，春代笑容满面地朝向这里。

“欸？是吗？”

“看到开心的人，我也会变得开心。特别是，恋爱不错哟，爱情太美好了。”

“真的？果真是这样的吗？”

春代用双手按住脸颊，又拉向左右两边。一脸幸福的表情，好像一个大福饼。上个月她才跟相处了半年的男友分手，一周后，就跟来公司的设计师事务所的人开始交往，上周去了迪士尼，带回了一大堆土特产，刚才正在给大家分东西。从附近的校舍的某处窗户里，传来了长笛的声音。反复重复着相同的曲调。

“那个，反复涂的话，颜色会很难看，而且还浪费。”

杰弗里从舞台上俯视这里。春代在我耳边说道：“真讨厌。”我也反驳道：

“是他们叫我们再涂深点的。”

“这种道具，怎么用都是白搭，不是吗？你们用常识想想。我还以为不说你们也会明白。你们一直坐在那里，没觉得妨碍到别人了吗？刚开始的时候，我就提醒过你们了吧。”

我想到了麦。麦，你来管管这家伙吧。我回头望向麦进去的校舍。那里也是刚才有点上了年纪的老师模样的人，进去的地方。

“我说，你这人……”

春代刚说出口，麦的脸就出现在杰弗里的身后。

“你才碍事。”

麦拽了一下杰弗里的胳膊肘。杰弗里的脸色变了。因为他皮肤白，让我见识到了脸红这个词的示范。他用双手推了麦一把。麦抓住他的一只手腕，一下子把他拽倒了。冈崎和朝日还有其他两个人飞奔过来，各自从后面按住两人，让他们分开了。在此之前，我看见麦踩了倒在地上的杰弗里的大腿和手。杰弗里愤怒地用日语和英语吼了一会儿，被朝日拉到校舍方向去了。被麦踩过的杰弗里的右手指尖流血了。麦诚恳地跟冈崎和其他人道歉，然后向站立着观看了整个过程的我们走过来。

“不要紧的。”

麦笑了。他的脸很温柔。我喜欢他温柔的笑脸。麦说道：

“朝朝那个弄完了，去吃点什么吧。”

“嗯。”

我也笑了。我很高兴。我决定就想着这些。春代在旁边好像突然察觉到什么说道：“啊，原来如此。”麦像鸟儿扇动翅膀一样，轻松地登上了舞台，跟冈崎说：“你教我弹吉他吧。”冷风吹起，风声在耳畔回响。手也变凉了。

我更加卖力地往塑料板上涂粉色。塑料板下的自己的腿、鞋子、蚂蚁和空气都变成了粉色。

“阿朝。”

春代叫道：“阿朝，你不要紧吗？”

“嗯，无论何时麦都会来救我。”

春代一直盯着我，仿佛我的话传到她的耳朵里要很长时间似的。好困，我心想。

“不是这个意思，是阿麦的事情。阿朝，他那种做法你不介意？不仅如此，我觉得相当不妥。”

春代反复重复着。我心想，何必重复那么多次，从一开始我就明白你的意思。

“嗯，我非常喜欢他。”

我露出了发自内心的微笑。春代夸张地叹了口气。我甚至觉得叹气也是件美好的事情。隔着栅栏目睹了整个事件的阿惠和阿美也互相对视着点了点头。然后，啦啦啦地一起唱起了前奏，双手像雨刷一样左右摆动着。

“这是什么呀？”

春代问道。阿美和阿惠露出青春偶像般的笑容，高声答道：

“是新歌！”

“歌名叫《爱情是诅咒》。”

歌词大意是：在美好的一天，两人相遇，一眼就坠入了爱河。从此世界就只有他们两个。在两人又唱又跳的这段时间里，我想起了以前看过的一个电影。讲的是发生在法国的一个港口城市，一对穿着同款淡装的美女姐妹的恋爱故事。城市里发生了碎尸杀人案。但是得到了圆满解决。于是恋情得以开花结果。阿美和阿惠的歌，让我想起了那部电影。她们俩翻动着花裙子，踏着舞步，放声唱起了爱情开始的片段。然后两人轮流唱出了主要叠句：“我们被诅咒了。”

我大喊道：“那是让世界都闪闪发光的咒语！”

一旁的春代看着我的脸，终于笑了。她一边拍手，一边大声说道：

“但是，你不要被那张脸给骗了。”

三只麻雀飞落下来。

“啊，啊啊啊，饭田给加藤来了一招‘闪耀魔术师’！这是何等的背叛！饭田叛变了！他背叛了母校！”

实况转播的男子尖叫道。在舞台上重新开始布置的冈崎他们也回过头去。观众们哈哈大笑，给背叛者喝彩。明明是紧身裤和老虎，却用名字来喊他们，真是不可思议。

“五星级跳蛙式飞身压！压住了！一、二、三！饭田背叛了母校！全场都给叛徒喝倒彩！但是只要是赢了，这些都无所谓。加藤振作不起来了。”

黄色和红色的叶子漫天飘舞，大家开始把胜利者往空中抛。冈崎、麦和舞台上的其他人都跑去参加了。春代一边眺望着被抛上去，又落下来的黑紧身裤 1 号或者 2 号，一边继续涂着蓝色，她问道：

“阿朝，最近工作怎么样？”

“就那样凑合着干呗。每个月都重复着同样的工作，感觉一个月一个月地过得越来越快，今后日子也是这样过去吧。”

或许是我适应了。一个月的反复，变成了一年的反复，然后就这样一直持续下去。既有工资，又有时间，多亏了这份工作，今天我才能放心地玩。到现在我还觉得公司的制服有点像借来的。然而，到了这种地方，又深深体会到自己不是学生，还混在里面。感觉像冈崎和今晚上台的这种“有事干”的人真好，这种心情，不知是羡慕呢，还是其他什么的。自从卖猫和狗的明信片以后，心情不知不觉就远离了摄影，还是重新捡起来比较好。比如像现在观看眼前举行的热闹场面的时候。

“你知道‘桃一’是这所大学的剧团吗？”

我摇了摇头。春代从手提包里取出了广告纸。

“下次，我要帮人家做年末公演的衣服。阿朝要不要帮忙？”

“做衣服吗？”

“衣服也做，但还在找当天负责接待和引路的人。是义工。阿朝。因为你说过想成为对社会有用的人。”

我一边在回想着什么时候说过那种话，一边瞅着广告纸。上面都是陌生人的名字。我抬起头来，看见麦和冈崎从围绕擂台的人群中稍微离开了点，正站在入口附近聊天。冈崎指着舞台，似乎在传达什么事情，麦或许是受到擂台周围的热闹气氛影响，温和地一边笑着，一边点头。他没有看向这边。

“相机借我用一下。”

我的眼睛一直盯着麦，随手接过了春代的小型照相机。我藏在钢管之间，让望远镜头伸到最长。按快门时，感觉手都抖了。麦没有注意到这里，他和冈崎又转向擂台的方向，挥动着手臂。

输了比赛的老虎们退场了。被抛上去的黑紧身裤 1 号或者 2 号，掉到擂台上，然后从擂台上又掉到地上。最后被叛徒队友一顿又踩又踢。

我们坐在运动场上多余的铁管堆上，观看着被自己涂成粉色、绿色、紫色、蓝色和黄色的灯照耀着的舞台。舞台后面有一棵高大的银杏树，树叶原有的颜色与光照的颜色交织在一起，好像一个精美的人工作品。我在想怎样才能拍出这种颜色的照片呢？但是，我并没有具体思考相机或者胶卷的事情，或许我只是看得入迷了。因为这里的光一直传到远方，所以明明是夜晚，对面的天空依然很亮。舞台上的三个人，全都一副詹姆士·布朗[①]的打扮。他们演奏的不是黑人爵士乐，而是那种声音又快又响又酷的音乐。此外，还可以清楚地看到，冈崎在舞台旁边的用铁管搭的铁塔上调整照明。旁边是杰弗里，他看上去很开心。

春代靠在别人的东西上睡着了，一大早就起来帮忙，好像是累坏了。天变冷了。

在不远处，有一群穿着西服上衣和格子裙的女学生，在欢快地跳跃着。她们虽然是高中生，但看上去比我老。再往前就是麦。我注视着他那稍长的头发和穿着绿色连帽衫的背影。他不知是跟着音乐扭动呢，还是自由发挥，总之是在跳跳停停地摇动着身体。麦一点一点地向旁边移去，不一会儿就离开了人群，晃晃悠悠地钻进了舞台旁边的小门，向广场走去。消失在舞台阴影处的广场的尽头。

冈崎一圈圈转动照明，灯光都照到我这边了。晃得我闭上了眼睛。

① 非洲裔美国歌手，有“灵魂乐教父”之称。——译者注

黄色的灯光，一次又一次地跑到我这里来，然后又跑回去。

麦已经四天没有回来了。

凌晨四点，我待在自己的家里。

我拖着盖在身上的毛毯，踩着扔得满地板都是的衣服、杂志和包，走出了房间。

我来到有电视的房间，打开了电视，躺倒在沙发上。只露出握着遥控器的右手。我换了台。感觉晚上很冷。

电视上播放着电视购物节目，卖的是比我现在看的，还要大得多的电视。男子在力证电视的色彩是多么鲜明，并连呼价钱。我换成别的台。其他台要么是风暴和沙沙的声音，要么是彩色色块和哔的声音，然后是从屋顶的定点摄像机实时拍摄的大阪的夜景和像鸟叫声一样的音乐。我选择了对准大阪市中心方向拍摄的夜景的台。右下方表示日期和时间的数字是白色的，它确实在一点一点增加，定期归零。

睡觉前，冈崎担心地打来电话。我说道："他真是干了一件大事啊！"冈崎也附和说是的。荣子也接过电话，安慰我说："不要紧的，小狗都会自己回家。我听见她身后的阿信说："你这不更是火上浇油嘛。"我伤心地哭了。我不想让人知道我哭，就挂断了电话。我给春代打电话，告诉她打印照片的时候，如果发现麦的照片，马上扔了。"为什么？"电话另一头的春代，跟往常一样优哉游哉的。

合成皮革的沙发表面很凉，我决定下次一定要买个布沙发。

我又换了一个台。在同一个夜空下，架在淀川上的桥梁和岸边的公寓的白色灯光，星星点点地在夜幕中闪烁。我记得有人说感觉灯光在眨眼，是因为空气在晃动。我将视线移向了遮有一层薄薄的卷帘的窗户。透过窗帘可以看见外面黑色的夜空和附近路灯的亮光。这个夜空与电视上的黑色夜空是相连的。如果我进到电视里，从那座桥一直向南走的话，可以走到这间屋子，也可以走到麦的房间。我一边感受着终于涌来的困意，一边欣赏着画面中的夜景。在那一个个白色的灯光下，和那已经没有灯光的无数的建筑物里面，有许多人在睡觉，在做梦。他们不知道自己所在的地方一直在电视里播放。在那些人当中，还有一个虽然没睡，但姿势跟睡姿一样的我。我在自己的家中，俯视着自己所在的这个城市，同时，也从头顶上昏暗的天空，被另一个自己俯视着。我被这种感觉包围着，渐渐地感到很放心，于是闭上了眼睛。

被日野知道我没吃中午饭，羞得我死的心都有了。

之后，冈崎来邮件了。上面写着：麦回来了。他被荣子骂了一顿。

下班后，天已经暗了。好像一天就这么结束了似的，有点伤心。从车站开始，我就一步也没停地往前跑。令人称奇的是，所有的信号灯都是绿色。我气喘吁吁地冲进了公寓的走廊，一眼就看见里面的门是开着的。看过无数遍的，半开着的门，被风吹得缓缓地又开了一点。可以看见屋内。里面没有一点行李，榻榻米上也是空空如也。没有窗帘的窗户上映射出对面房间的亮光，朦胧地照着这个四方形的房间，没有电视。本应放在正对门的电视机不见了。我的心一下子凉了。同时，我注意到旁边的屋子。荣子说那个人搬走了。

我踢开了挡住我去路的门，又用脚把它关上。站在了对面一模一样的房门面前。按下了眼看就要坏了的门铃。虽然我知道门没有锁，但是如果不加确认就打开门，我怕又回到了几个月前房间原本的模样。变回了冈崎放乐器和漫画的房间。那可怎么办。

“门是开的。”

是麦的声音。开门后发现，麦蹲在浴室前。正在盯着旧手巾上长的深绿色的密密麻麻的霉菌，这是一周前，我原本想要打扫又没打扫，就那样扔在篮子里的代替抹布用的湿毛巾。接着他又展开毛巾，对着电灯看。

“这些霉菌，真厉害！颜色好绿，看起来软软的。”

他用单纯好奇的眼神看着我。我喜欢他这种说话方式。黑白分明的眼睛看向哪里，一目了然。他那样低沉的嗓音，跟我第一次听的时候一样，它首先在我的脑海里回荡，然后慢慢地向外扩散。这些我都喜欢。眼泪从眼睛里扑簌簌地流了下来。我用脚踢了麦的肩膀，把他踢倒。接着又在倒地的麦的后背上踹了一脚。麦拽住了我踢出去的腿，单腿着地的我滑倒在榻榻米上。麦抱住了摔倒在地的我。

“即使再晚，我也一定会回来的。不要紧。”

麦说道。右手抚摩着我的头。

“我会回到朝朝身边。”

麦的胳膊又冷又硬。我觉得麦说的是真的。麦只讲真话。我把头从麦的胸前移开，看着他的脸。麦闭着眼睛，嘴角微笑着。这是一张温柔的脸。一张没有忧愁，没有困苦的脸。我喜欢这个人。今后漫长的岁月里，我会一直喜欢他。

我想快点把那个发霉的手巾扔掉。

十二月份了。

幸运的中奖铃声响起。一等奖是大型彩电。但是不知道铃声是从哪里传出来的。我和荣子乘着扶梯自动上行。身前身后都是人，大家都以同样的速度，同样的角度前行。前面人的背包上，挂着一个粉色的小熊挂件。店内广播跟随着商店主题曲的节奏，开始不停地介绍电脑，洗衣机的价格。

“下次，要不要穿我的和服试试？”

荣子提议道。

“虽然是三十年前的东西，但一直就那么放着，很干净的。”

“回去后给我看看。”

下了扶梯，我们推开在试听 MD 和 CD 的随身听的年轻人，继续往前走。

“他爸爸的衣服也在。不过对麦来说，可能有点短。新年这段时间，你们一起去哪里逛逛不是更好吗？”

“您有每年都去的地方吗？”

“没有。哪儿都行。我哪儿都能去。”

是呀。我附和道。紧跟着走得飞快的荣子。在摆满了音响的架子对面，我一眼就看见了麦。

“好像从远处看，他也很出众啊！这种东西是叫自带光环吧。”

“光环？”

“我也不知道是什么。年轻人不都是这么说吗？”

人太多了，显得很闷热。荣子脱下了带毛的大衣，拿在手上。麦注意到我们，朝我们使劲地挥手。好帅。

荣子看着我的脸说道：

“真好啊！”

“是的，好吧。”

我笑着对荣子说道。

“太好了。”

荣子反复说道。

接下来我们要跟冈崎和阿信会合，一起去吃螃蟹，我的脑海里不由得浮现出螃蟹的红色。

荣子连续叫住了三个忙得不可开交的店员，纠结来纠结去，最终因为麦的一句话，决定买35英寸的电视。听说交钱也要等，荣子不耐烦地发了几句牢骚。我和麦去别的卖场逛了一会儿。麦像看罕见的生物一样，看着高级耳机和便携式收音机，他一会儿翻过来，一会儿捅两下。但是，好像没有要买的东西。我倒是有想买的东西，只不过口袋里的钱不够。我提议说回去。麦的左手拉着我的右手，钻进了人群里。他的手很干爽。我穿着大衣，热得都出汗了。真讨厌。

扶梯左右两边的过道上，摆着一排摄像机。一位看不出年龄的男子和一对年轻夫妇，一会儿将液晶画面朝向自己，一会儿窥视着取景器，不停地更换着摄像机。我发现台子上方的显示器屏幕上，有我们的背影。不知道是这众多摄影机中哪一个拍的。我在无数人头的缝隙中回过头来，被从斜上方拍到了，于是看见了自己也看不见的头顶。麦个子高，总是能看见我的头顶。我在画面中寻找麦的身影，他也应该在的。终于在画面的左上角，看见了一点褐色的头发。下一个瞬间，他转过来看向这里。但是，那只是看向镜头，并不是在看我。麦的脸，立刻离开了画面。我也出来了。我想从人群的缝隙中钻出来，但是人们毫无规则地走来走去，阻挡了我的去路。麦的头发，在一群黑色的脑袋中间时隐时现。被闷热羽绒服挤来挤去，我远离了麦，一瞬间，麦的脑袋一点也看不见了。我着急地拱起后背，强行扒开圆鼓鼓的黑色羽绒服和羽绒服之间的缝隙，握住了麦的手。

“怎么了？”

麦回过头来。我松了一口气。我以为麦从画面中消失的同时，我也会失去麦。汗顺着脊柱流了下来。调整呼吸后，我说道：

“摄像机，大概要多少钱啊？”

“你要拍什么？”

“拍什么呢？要不拍电影吧。”

“什么样的故事呢？”

“麦，你可以当主演哦。”

“演坏蛋的话可以。”

“怎么个坏法？”

“收受贿赂？”

麦微微笑了笑，用力拉起了我的手。电视卖场尽头的柜台上，荣子又在写着什么。

我们站在挂满了电视的墙壁面前。

“我想要台大电视。”

从左上方的带录像的电视，到右下方的带音响的电视，一个比一个大。所有的电视都放着同一个台的节目。但是听不见声音。远处是山，近处单纯的四方形的公寓，有规律地排列在一起。绑着许多白菜的自行车在奔跑。不论横竖都是同样的画面，同时切换，同时移动，所有的一切组成了一个巨大的动作，好像在跳集体舞。我说道：

“我想要一个整面墙都是电视的房间。”

麦的眼睛里也映射出很多电视。天花板上垂挂着许多写有打折的纸条，在空调的风中摇摆。麦没有说话，于是我接着说道：

“真好啊。其实我是想摆满电视，同时看所有的台。”

“在闪光。”

麦小声嘟囔道。

“全部，都在闪光，在动。”

麦抬头仰望，脸上很平静。

“这里，好酷啊！”

画面上的城市里，有一座带有红色和银色的塔，上面是一个球体。从塔身斜着伸出几只脚，刺向了城市。从城市表面，偶尔冒出几个高层建筑，感觉今后还会继续增加。我记得刚开始我还以为银色的塔是电脑合成的照片。

我说道：

“好像未来。像奥特曼的故乡。”

“上海。”

麦读出了画面上出现的汉字。然后说道：

“要不要去呢？”

“我也想去。”

麦盯着画面，问道：

“要不一起去？”

“真的？什么时候？”

麦没有回答，他看着我，跟刚才从显示器里看我是一个表情。铃声又在某处响起，幸运再次降临到某人身上了。

二〇〇二年到了。

麦已经两年零九个月没有回来了。十月份了。

我钻到桌子底下找东西，电话铃响了，我急急忙忙地想出来，结果肩膀撞到了椅子上。在此期间，和田已经接起了电话。

“第二营业部。是的，他在。……明白了。石田产业是吧？”

我意识到一年胖了五公斤的和田开始穿减肥拖鞋。看着她的两条腿重重地踩着地板离开，我才终于从桌子底下爬出来。和田把票据和订单报告的文件夹放到我乱糟糟的桌子上。我杵在那里，眺望着展现在和田背后的办公室风景，同一个行业的话，公司内的氛围也很相似，我想起了之前的派遣公司和最初就职的公司。

“白井叫你把公园别墅Ⅱ的图纸给石田产业送去，他说跟你说了你就会明白。”

“啊，是的，我听说了。”

和田没有回应我，而是用手背敲了敲文件夹。

“还有就是，再不分门别类整理文件，以后麻烦可就大了。”

“是啊，您说的是。”

我微笑着答道。和田表情严肃地问道：

“你还有什么事吗？”

坐在斜对面的科长，虽然默默地握着鼠标，但是我知道他在听我们说话。

“那个，我找不到疗养假的申请书了。”

“派遣员工没有疗养假期哦。”

“可是白井说有。”

和田“啊啊”地说了一句，指着我的资料堆积如山的桌子，有些资料都跑到旁边桌子上去了。噢！太神奇了！刚才我明明找了三次！我从底下拽出申请书，桌子上的小山差点塌了。

我喜欢背着装图纸的圆筒走路。感觉它成了身体的一部分，我好像增加了新的功能。图纸交出去后，里面是空的。

工作结束后，我要经过心斋桥筋商店街才能回家。半年前在梅田的公司上班时，经常顺路去阪急百货商店和大丸百货商店。在那之前，公司在本町，所以顺路能去的地方很少。现在我很快乐。但是半年后，休产假的人回来后，我又要走别的路了。戎桥比周围地势略高，能掠过心斋桥筋商店街熙熙攘攘的人头，一直望向远方。人们的头顶很黑。我的前面走着三个同款装扮的女孩，她们都穿着短裙，露出大腿，脚蹬恨天高的靴子。

右侧的女孩拿着香奈儿最新款的菱格包，我有个朋友在北新地打工，客人给她买的包与这个包是同款不同色。

周防町过去了。刚开业的服装店的橱窗里，挂着一件黑丝绒连衣裙。觉得很适合我。我走进店里。正面的架子上挂着一模一样的连衣裙。我取下衣架，在大镜子前比量。觉得很配我。于是跟店员说要试穿。在涂成淡蓝色的试衣室里，我脱下大衣，穿上了丝绒连衣裙，穿上后，更觉得合身。与其说是合身，不如说是本该有的形状出现了罢了。但是很明显稍微有点美中不足。我拉开绿色的窗帘，叫来了店员。店员是一个眼角细长的女孩。

“哇啊，真是太合适。好可爱！”

嗯。

“配上这双鞋子怎么样？”

装饰在附近模特脚下的，银色的平底鞋被搬了过来。鞋带在脚踝处。我穿上鞋。于是我离理想型又近了一步。

“这两个都给我吧。”

我从试衣室出来，交上信用卡后签字。不买衣服的话，我会憋屈死的。为了接近理想型，我才在工作。如果以各种忙、没钱或者无聊的借口而不去服装店看衣服的话，我会死的。

身材高挑的店员将我送出店外，我来到了心斋桥筋商店街。行人很多。这些人与我进店之前的那些人不一样，没有一个人是相同的。

晚上九点过去了。

带有楼梯井的店内，客人和店员的声音在高高的天花板上回响，显得很吵。从中二楼的楼梯井附近的座位，既能看见一楼入口，也能看见摆着“今日甜点”的玻璃橱柜。灯光照耀着从天花板垂下的深红色的天鹅绒窗帘，让我记得这是一家红色的店。

春代迅速给再次端上来的面包涂上黄油，看着她往越来越圆润的脸颊里塞东西，我不由得佩服她。

“然后，我听见电话的另一头在说……还没好吗？”

惠美琳在说“还没好吗？”之前，停顿了很长时间，轮流看了看我和春代的脸。她的眼睛大得令人吃惊，说话的时候，嘴巴也不输于眼睛，张得大大的，动来动去。惠美琳是一个小剧团的女演员，在一次偶然上电视的时候，她认识了一个导演，并跟他一起吃过几次饭，两周前，她还兴高采烈地逐一跟我们汇报，那个导演是如何的帅气，如何追的她。在那之前的一周，我也和惠美琳一起去吃过饭。她原本是春代的朋友，不过从半年前开始，我和她在一起的时候更多。我拿了一块羊排，啃了起来。我的视线从瘦得可以看见骨头的惠美琳的肩膀，移向脖子和下巴，最后到达头顶扎得很漂亮的褐色头发。我问道：

“那个人，不是说一个人住吗？”

“他说有只猫。”

“还是只会说话的猫。”

春代说道。她又啃起羊排。这已经是第二根了。惠美琳只是用手指捅着羊排。

“还是一只大猫呢。”

“如果猫真的问饭还没好吗？是不是很可爱？好想要一只。”

“反正是只会要包包和钱的猫，算了。”

“死了才好呢。”

春代说完，很美味地舔着沾满羊排油的手指。我盯着红酒杯的边缘反射成星形的光，故作爽快地说道：

“别管那种人，找下一个，下一个。”

“要是真有下一个，那种人怎么样都无所谓。”

“遇到了就会知道。”

春代两个月前跟男友分手，随后就搬家了。在对面的便利店打工，与研究泥石流的大学生情投意合，开始交往。我也曾经想过要是有下一个。实际上确实有过我认为不错的人选。但是，人间不如意十之八九。不论是有，还是没有，我都会想起麦。即使不刻意去想，麦也是如影相随。送他到神户乘坐开往上海的船之后，我们就再也没见过面。一个月后冈崎约我出来。说是麦来电话让他告诉我，暂时回不去，对不起。我说道：“这不是对得起对不起的事。”冈崎请我吃意大利套餐。他还特意提前预约，这件事让我多少有点不爽。从那以后，与麦的联系中断了。房间里只留下从冈崎家借来的东西。我也再没有主动联系。我觉得麦不打算跟我见面。那么我还是不见面的好。我不必因为麦的事情，东奔西跑。我也不想等电话，索性连手机也换了。尽管如此，电视新闻上播放上海的时候，我还在寻找麦的身影。明明他不可能现在还在上海，但即使一瞬也好，我想亲眼看看麦走路的样子。

惠美琳转圈摇晃红酒杯，紫红色的漩涡越来越大，马上就要溅出来了。

“我曾觉得他人很好呢。电影的喜好也一致，或许这就是要我专心准备公演吧。这次可能会做我之前一直想做的事。”

惠美琳曾经与人合作过剧本。

“舞台上的人喊道：‘啊！好想去别的地方！’下一个瞬间就是已经移动过的场面，真是瞬间移动啊！”

“欸？舞台设备怎么弄？”

“这次的舞台里面很大，可以做到。虽然具体怎么做还有待商量。接下来，他不断地去自己喜欢的地方。什么美国、土耳其、石垣岛。”

“真好啊！我也想去。去年因为恐怖事件，去泰国的计划泡汤了，我本来是要去的，被我爸爸拦住了。”

去年九月，美国的大楼被飞机撞毁时，我一直看电视看到早上，并不停地换台。然后又买下了一个星期所有报纸，甚至还查看网络上的留言板，寻找麦的名字。浪费了许多时间和体力。视力也下降了。

“就是那个！我们剧团有一个人也打算去美国留学，结果放弃了。我也觉得应该多去些地方看看。但我没钱坐飞机，所以只能在舞台上实现了。……我把这么好的构想跟那个导演说了，他还说很有意思，夸我厉害呢。那个浑蛋。不告诉他就好了。”

春代给还在摸羊排的惠美琳的杯子里，倒上红酒。劝她再喝点。然后又吃掉了抹了黄油的面包。看到她很美味地吃着，感觉很幸福。春代嘴里含着食物说道：

“人类的一半是男人耶，足足有三十亿了。”

我自己给自己添了点红酒。

“话是这么说，但是能遇见的人就那么几个。而且跟津巴布韦、玻利维亚的人能修成正果，好像也很难。”

“这可不行啊！阿朝，说这种话，好运是会溜掉的。”

我也想否认自己说出去的话，于是，我含了一颗黑橄榄，接着又放进去一颗绿橄榄。

里面的那桌的女孩，收到了一个系有淡紫色蝴蝶结的小礼盒，说道：“哇啊，好高兴，谢谢！”下面的厨房里，回响着店员大声说“拜托了”的声音。

“我给你们介绍我男朋友的朋友，理科男也不错哦。”

惠美琳瞪着快要掉出来的大眼睛，看着我和春代，嘴巴噘得像鸭子。

“看到春代，我就觉得不要紧了。”

“什么意思？”

“我在表扬春代，我被你治愈，要向你学习！”

听到我的话，春代醉醺醺地说：“是吗？”然后靠在椅背上，手伸进包里，取出了一个黑色的东西。

“快看快看，我买了一台数码相机。”

这台数码相机，虽然不是单反，但比小型相机大一点，做工也很讲究。被春代柔软的双手捧着的这个机械块，有一定的厚度，比迄今为止看到的其他相机都要可爱。

“春代也要转行干数码相机了？”

“以前的相机也要用。我男朋友很擅长这些，他说要教我。虽然又重又麻烦，但挺有意思的。”

“是吗？”

我看了看春代拿的相机。相机背面是一个大液晶显示屏。春代举起相机，将显示屏朝向我这边。边长为五厘米的正方形画面里，铺着淡黄色的桌布的圆桌上，摆着很多东西。有被吃剩下的羊排的盘子，装有深红色液体的红酒杯，面包盘、黄油盘、闪着暗银色光芒的刀叉，后面那桌情侣正在切肉，最后面有一个红色的天鹅绒窗帘。右、左下和右下，分别是日期、显示拍摄数量的数字和电池剩余时间的图标。好清楚啊！我随意称赞了一下。视线移出显示屏外面的一瞬间，我看到和屏幕里一模一样的画面。吃剩下的羊排的盘子，装有深红色液体的红酒杯，面包盘、黄油盘、闪着暗银色光芒的刀叉，后面那桌情侣正在切肉，最后面有一个红色的天鹅绒窗帘。

此时，眼前的一起看起来都像是过去。不是显示器里，而是展现在显示器外面的，现在就在眼前的所有这一切，都是过去。被相机拍摄下来，储存在照片里，作为过去，作为风景被记录下来的东西，就在这里。兴高采烈地捧着照相机的春代，因为稀奇而在一旁探头看的惠美琳，后面在切肉的情侣，来来回回的店员，都已经是过去。就这样，时间的的确确在流逝这一事实，突然，一下子出现在眼前。我悟到了一个惊天的秘密，失神地良久注视着显示器和现实中的风景。惠美琳伸手接过数码相机，上下看了一个遍后说道：

“好像很方便呀。”

对我来说，那个声音听起来也很朦胧，自己桌子上的杯子也是，虽然能看见，但又担心触摸不到。伸出手后确实够到了，我把杯中酒喝了下去。苦涩却又香甜的味道扑鼻而来。春代说道：“要不去摄影旅游吧。”接着又开心地讲解相机的功能。我说道：

“以前人们认为，照相会把魂儿给勾走的。现在我觉得我明白了。”

“为什么？”

“我也说不好，就是以前的自己永远地留在那里了。”

“为什么？阿朝你不是在这儿嘛。”

春代从侧面按下了快门，然后用显示器一张一张地欣赏自己拍的照片。麦的照片，我一张也没有，或许我想起了麦的事情。

“阿朝，你有时说话很跳跃哦。”

说完，惠美琳从春代手里接过相机，把所有按钮都按个遍，还不停地切换菜单画面。我有点恐惧，暂时不会碰这个机械，只是呆呆地眺望着这个黑色机械块。惠美琳把相机还给春代，小声嘟囔着：

“我要不要也找个兴趣爱好呢。最近净忙活剧团里的事了。”

然后她才开始啃起已经凉了的羊排。店员及时来撤走了用过的盘子，并询问上什么甜点。我们从楼梯井俯视玻璃柜里摆的蛋糕，我要了早就决定好了的提拉米苏，春代要的是水果杯蛋糕，惠美琳要的浆果蛋糕。在店员摆放盘子期间，春代用手机给一会儿来接自己的男朋友发邮件。惠美琳说道：

“等瞬间移动的公演结束，年初的时候，我们团有三个人要去东京的剧团友情演出，你们能不能来帮忙？接待好像需要很多人。观光时顺便去帮忙，怎么样？”

“东京啊。”

春代正沉迷于跟几公里外的人发信息，好像没仔细听，她握着手机，迷迷糊糊地答道。

“东京啊。”

我也仿佛在跟读根本毫无意义的单词似的说道。我听见自己声音的时候，仿佛觉得，在东京某处的自己，正想起今天这个瞬间。来年吗？那也不过是未来的自己会想起的一个场景罢了。

店员给后面的情侣，送来了插有烟花的生日蛋糕，他边走边唱“祝你生日快乐”的歌。随后我们和中二楼的其他客人都参与了合唱。祝你生日快乐，生日快乐，亲爱的惠子，祝你生日快乐。最后响起了掌声。

三年过去了。

到二〇〇五年七月份了。

我们从位于 TSUTAYA 书店二楼的星巴克俯视涩谷的全向十字路口，站着喝拿铁咖啡。店员说有座位的话，会领我们进去，她不停地忙来忙去。因为根本没有人离席，所以我们只能靠在楼梯旁边的栅栏上，眺望着展示在面前的，灯火通明的十字路口的夜景。空调很凉，有一股夏天的味道。

傍晚地震了。震源在千叶县西北部、震源深度七十三公里。地震的规模是 6 级。当时我坐着公交车，没有感觉到。在涩谷站西口下车后，发现行人的举止看似很不安，车站的工作人员也在跑，我得知是地震，还是玛雅在八公雕像前告诉我的。之后又过了五个小时，并没有看到受损的物件，所有觉得根本没有地震过。

“人好多啊！他们都是去哪里呢？”

玛雅舔着抹茶星冰乐上的奶油说道。我俯视着夜晚十字路口的几个巨大屏幕，每次切换画面时，在那里的所有人的脸色和衣服的颜色都闪烁着各种光芒。

“应该是回家吧。”

玛雅的对面，比她高一头的饭田说道。他已经把冰咖啡喝完了。

“那两个家伙，也应该去该去的地方，赶紧给我们腾位置。”

巨大的玻璃墙边的吧台座中间，有一对情侣，玛雅瞪着他们。女的腰上赘肉很多，男的发型模棱两可，他来回抚摩女人的腰部。两个人都笼罩在苍白的灯光下，整体上没有颜色。

“啊啊。”

饭田附和道。饭田身体过于高大，站着会妨碍到别人。所以一有人经过，他就斜着让一下身体。这个星巴克只有大杯拿铁，我一边吸，一边担心喝不了。

“玛雅，你是不是说过要上电视了？”

“是明天，《悍妻和穿裙子的情人》。”

玛雅把绿色吸管里的液体吸了进去。她隶属艺人事务所，到去年为止，曾是地方台的记者，现在她每天都很忙碌。经常出演综艺新闻和健康节目的重现录像和企业的宣传录像。上个月，还在小学老师办公室里，追着孩子们的班主任（因为没有注意到疾病的先兆，结果因恶性肿瘤转移去世了），让她修学旅行的时候，预备单间。之后她喝了大量净水器里的水，露出了灿烂无比的笑容。

“我还真没有时间看。”

“不看也没关系。”

玛雅微微笑了笑，一直望着窗外。透过厚厚的玻璃窗，无论是深蓝色的天空，还是亮得发白的一道道光线，看起来都像雨后的夜空一样清澈明亮。我注视着个子高挑，长发及腰的玛雅。她的衬衫连衣裙上有阴影。

“阿朝呢？明天是去“海胆奇迹”（译注：店名）的日子吧？”

“嗯。今天做安全检查，所以休息。”

“那幢大楼很旧，阿朝要小心啊！”

“小心什么？”

“不清楚。老鼠什么的。啊，今天不是地震了吗？”

“亏你能打两份工。我……明天做什么呢？”

饭田说道。估计他并没有具体的想法。每次信号一变，人群就像浪潮一样涌过来，建筑物的墙壁上，挂着新电视连续剧里偶像的招牌，我呆呆地看着这一切。

“越来越火热了。”

我顺着玛雅的视线看过去。窗边的那对情侣，开始互相抚摩对方的脸，热情地亲吻起来了。他们换角度的时候，我看见了女人的脸，看上去像中南美系的人。

“啊，原来是拉美系啊！”

“那个屁股，不是日本人的。”

饭田十分有把握地说道。他一定喜欢这种类型。

“是吗？”

“是的。”

玛雅看起来很困。

前面的小圆桌上，一个拿着新上市的古驰包的女子和一个带着编织帽的长发年轻男子在交谈，他们一边说，一边看着打开的电脑画面。

“这个绝对热销。”

“真的？七十五左右也行吗？”

“什么呀，这不上不下的没底气的价格。至少要三位数。这个社会吧，价钱高，大家才认为是好东西，价格决定价值哦。”

嗯，有道理。电脑背对着我，看不见内容，但是画面发出紫色光照亮了两人的脸。

屁股比椅子大很多的拉丁女子和看不见脸和穿什么衣服的男子，一直在位置上靠在一起，最终我们是站着喝完杯子里的东西。来到了充满了人和湿气的地面。大屏幕发出的像蓝白色闪光灯一样的光芒，瞬间凸显出人们的轮廓。我们又走下楼梯。地下道灯火通明。

地铁车厢内，挤得要死。饭田说下次再一起吃饭吧。一年前，他也说过同样的话，因此下次见面也是一年后吧。

从车站沿着商店街走，挂有橙色旗子的路灯在拐弯处结束。终于有风了。拐角的神社被茂密的树木包围，显得更加黑暗。

“啊！”

玛雅突然叫了一声。一个黑乎乎的东西穿过马路。我说是猫，可玛雅说是狸猫。我说大阪经常能看见黄鼠狼，玛雅说这附近有貂。我不信。在路上碰见猫狗倒是不觉得惊讶，要是其他动物，大概它会觉得为什么自己要闯入这么奇怪的世界吧。玛雅又说道：

“朝子，明天来我家吃饭吧。”

“我刚才也说过明天有海胆奇迹美食节。”

“是哦。最近有在正常吃饭吗？不是光吃了就行，要有营养。便利店的东西可不行哦。哈希来我家之后，菜品更多了。你随时都可以来，多来几次。”

“好想吃哈希做的饭。”

“是吧？那你来我们家吧。”

“嗯，下周吧。”

“客气什么呢？你每天来都可以。朝子你吧，可以多依赖一下别人。那么，就周一！知道了吗？”

“知道了。”

说着说着，我们来到了绿色林荫道前，此处以前是条小河，我们就此分开，玛雅往右，我往左。前方二十几米远，走着一个穿西装的男子。我盯着他那有规律的脚步，最终他进入三个月前新建的高级公寓的自动门内。擦得锃亮的玻璃对面，黄色的灯光照着崭新的大厅，那个人在开邮箱，这个画面好像是投射在昏暗的道路上的电影一样。

惠美琳获得了广播剧的剧本奖，以此为契机，她转到东京的剧团，负责那里的剧本，同时也开始了广播的编剧工作。我也以帮助东京剧团的制作等为由，两年零四个月前搬到了东京。惠美琳和同时期去东京帮忙的，立志成为模特的亚由美，以及通过剧团关系认识的，东京土生土长的玛雅，三个人一起住在一个三室一厅的公寓。这所三十五年房龄的公寓是玛雅外公的。我则在附近租了房子，周一到周五在美术系的补习学校做文员的临时工。一年后，剧团解散了。解散后，惠美琳成了剧作家，虽然挣的钱多了，但是忙得要死。因此她想搬到离市中心近一点的地方。亚由美要搬去亲戚住的冲绳，她把位于服装店内咖啡厅的工作介绍给我，我周六周日有空，所以就在那里上班。补习学校的工作由临时工变成了合同工。惠美琳和亚由美都从玛雅的房间搬走，玛雅的中学同学住了一年后，也搬走了。两个月前，一个叫哈希的人住了进来，我偶尔过去吃饭。我来东京以后住的地方，离这里三分钟路程，房间位于公寓二楼的里面。明明离海很远，却起了一个“海洋海姆”的名字，公寓的墙是淡蓝色的。刚开始来的时候，觉得什么事都新鲜，一年过后，突然感觉时间过得越来越快，真不敢相信，现在来东京已经两年多了，我有一种错觉，同样的季节已经过去好几次了，不止两年，有时我甚至觉得，从出生以来就一直在这里，并且已过了很长时间。

我从狭窄的坡路往上，看向二楼我住的房间，里面没有灯光。我看的这个房间总是黑漆漆的，看到它亮的，是我以外的其他人。

打开房门，关上并锁好，按下开关，房间出现在白色的灯光中。还是打扫一下吧。我在堆满鞋子的，狭窄的门口脱下鞋。进入房间一看，发现掉下了的文件筐，直接砸到了墙边架子上开着的电脑。里面的信件、说明书散落了一地。好伤心。真的有地震。我没有力气收拾，于是把包放在昨天脱下的，直接丢在地板上的衣服上面，被炉现在还没铺被子，我把面包口袋直接放在桌子上。趴在了旁边的床上，好想就这样睡去。但无论怎么样，脸必须洗。我趴着伸手从桌子上拿电视遥控器，放在下面的杂志噼里啪啦地滑下来，地板上有什么东西倒了。按下红色按钮，窗边的小四方形画面里，播放着新闻，主持人反复重复着傍晚发生的地震的概要。“我们延长时间向您播报，”结束时主持人一直低头致歉。那是俯视涩谷全向十字路口的影像。跟刚才我们在 TSUTAYA 书店二楼喝咖啡时看的风景一样。我试着回想那周围哪里有摄像头。只过去三十分钟，等信号的人流减了不少。上方的大屏幕互相照射出蓝白色的光，显得很凉爽，也有点冷。但现在是夏天。我盯着电视，摸索着找空调遥控器。遥控器下面通知积分卡到期的信件掉到地板上。每天我都觉得房间真窄。但是宽敞的话，我会扔得更乱。按下遥控器的开关，听见哔的一声，关得严严实实的这个小屋子里，开始吹起了凉风。电视中的交叉路口的信号变了，人们急匆匆地开始行走。画面突然变成了耸立在蔚蓝的地中海的小岛上的希腊和罗马时代的遗址。

我先关掉灯，最后关掉电视。电视画面消失后，有一瞬间，我看见了四方形的光向外扩散的余像。黑夜中乌鸦在啼叫。

第二天上午。

我从被白墙包围的地铁楼梯往上看。外面的世界被出口剪成了四方形，里面满眼是绿色。缝隙中能窥见蓝天。每次上楼梯的时候，我都会想这里是东京。因为表参道是我来东京时，第一次到的地方。也因为这里的榉树很大。

一个大叔抓住了趴在榉树上的蝉，装进烟盒，放到了胸前的口袋里。

我眺望着在明媚的阳光下，随风摇摆的绿叶。很少有人像我这样仰着头走路。似乎为了显示自己的大长腿，一个女孩穿着超级短的短裤，与我擦肩而过，她从抢拍街景的摄像头前经过，转过拐角，往坡度较缓的小路走去。往右转，在小山坡的中间，有一个陈旧的三层楼。我打工的地方，在面向马路的中二楼左右的高度，在八级不长不短的楼梯的尽头，有门和橱窗。我噔噔噔地上了楼，打开了在绿板上用橙色写的“海胆奇迹”字样的门。

“三楼，昨天搬来了，已经收拾好了，他也算是社长，叫荒木，你去问一问要不要给他送点冰咖啡什么的。”

夏季和服上面穿着白色开衫的权藤，招呼也没打，冷不丁地来了一句。圆圆的啤酒肚上的灰色腰带很显眼。他正用画有骷髅头的扇子扇着明显后退的发际线。

“至于荒木，你看了就知道。因为很帅。”

权藤其实是叫进藤，以前有人把他的名字搞错了，叫成权藤，他觉得挺适合自己的，因此就改成权藤了。不知道是不是真的。

“做完准备工作，打完订货的电话再去，要不朝子转身就忘了。”

权藤啪的一声合上了扇子，快步走向咖啡厅的里面，摆正了椅子的位置。

“早上好。”

我跟雪子和千花问好后，穿过挂着衣服的房间。刚进的新衣服跟上周的相比，颜色有点变化，黄色和橘黄色居多。看到一排排的新衣服，心情也跟着轻快起来。

我在咖啡厅的柜台那里检查订单。说是咖啡厅，其实只是在柜台前摆着四把椅子和像脸盆一样大小的两张桌子。只有周五晚上和周六、周日营业。平时这里是设计师雪子以及老板权藤和办公室的人开会的地方。打电话订货时，我发现了权藤所说的“荒木”的名片，被用磁铁吸在冰箱门上。几周前，听权藤说，他大阪的朋友要把事务所搬到楼上。

权藤坐在椅子上，用手机打电话，他用空着的手，招呼雪子，并写了张纸条交给她。权藤是染坊的三儿子，十五岁来到东京，二十二岁开服装店，今年五十二岁，他在青山有家总店，这里一周只来一次。我一直搞不懂，“海胆奇迹”这个名字到底有没有品位。这家店，三分之一是权藤设计的品牌，三分之一是雪子设计的“海胆奇迹”，剩下的由精选杂货组成。雪国出身的，皮肤白皙的雪子，三十三岁，三年前是模特，她个子很高，身体纤细，不禁让人怀疑她的骨头是什么做的。雪子穿着自己设计的画有熨斗图案的蓝色连衣裙，黑色的长发很适合她。

白色墙壁的店面，越看越像仓库。从面向道路的大玻璃窗，可以看见新建的像积木搭起来的大楼和玻璃的外墙。

在入口附近的架子前，四月份刚从神户来的千花，正在整理T恤。牛仔连体裤的下面穿的是露出一大块肩背的吊带，两周前刚染成橘黄色的头发，最近又染成了栗色。黑色的眼睛被涂有睫毛膏的假睫毛包围着，这些都是因为她只有二十一岁才可以做到。天花板上的灯从正上方照在千花身上，好像舞台上的主角，我一个人偷偷地笑了。从现在起，一天就要开始了，不管在哪个职场，我都很喜欢这种感觉。

我打开“海胆奇迹”的大门走了出去。从地面上升腾的潮湿空气迎面而来，差点呛到我。但是，并不怎么热。我抬头仰望逐渐阴沉的天空，东京天气很差。走下外面的八级台阶，后面有一个进入大楼的大门。东京的地面有高有低，为了有效利用这又小又贵的土地，很多建筑物都有半地下等复杂的结构。这座建了三十年的大楼，从二楼的“海胆奇迹”到三楼，要先从外面下去，再从内部楼梯重新上来。打开门，里面的水泥走廊很暗。虽然我在“海胆奇迹”干了一年左右，但还是第一次进这里。入口很窄，墙上有几排又旧又小的不起作用的邮箱，我的肩膀差点撞上，继续往里走，只见墙上反复涂抹的油漆已经脱落，露出底下的斑驳的深绿色油漆，荧光灯仿佛马上就要坏了，一闪一闪地亮着。狭窄陡峭的楼梯里充满了潮湿的空气。时间仿佛停留在建筑初期的三十年前。到了三楼，听见了像FM广播的DJ的声音，跟我在家里听的是同一人，我这才放下心来。右侧正好在“海胆奇迹”的上方。与“海胆奇迹”不同的是，冷冰冰的铝门是敞开着的。我小心地探头看了看堆满纸壳箱的房间，里面有好几张铁桌子和钢丝绳的架子。DJ 反复说着今天的最高温度，却不见人影。最里面的架子里放满了塑料箱，架子对面有一个人蹲在地上干活，我瞄了一眼那个人的腰部。黑色 T 恤、红色运动裤。好红。

“对不起，打扰了。”

我站在门口，挺直了身子问道。过了一会儿才听见男子的回话。

“啊？”

好像有点不高兴。他头也没抬，继续蹲在架子下面干活。“好痛，”听到这个声音后，我等了三十秒也没看见他有起身的意思。只看见红色运动裤和黑色 T 恤的一部分在动。

“请问，是荒木先生吗？”

“不是。”

这次回答倒挺快。但也只有这一句。房间墙壁的颜色很暗，东西凌乱地堆在一起，这间屋的大小和形状应该跟“海胆奇迹”是一样的，但却感觉更窄。我又大声地问道：

“荒木先生在吗？”

“不在。”

“请问，您是这家事务所的人吗？”

“我在这里，当然是喽。”

他终于站起身，略嫌麻烦地站在架子旁。只不过，我一眼就看到了站起来的这个人的全部。

我的心脏剧烈地跳动了一下。随后继续快速跳动。我也不清楚那个人为什么会在这里。正确地说是，我也不清楚这张脸为什么会在这里。他那中途从单眼皮变成双眼皮的眼睛，直线的轮廓，大嘴巴薄嘴唇，我都一清二楚。由这一个个部分组成的整体，正是无论如何我都想再看一眼的那个人，即使是一瞬间也好。

长时间我梦寐以求的就是，再看他一眼。

“恭喜你了。”

DJ 的声音又响起来了。

“特等座的奖品，就属于这位了。”

然后她开始读某人的来信。女朋友要过生日，因此想送电影票作为礼物。但是她想看的电影和我想看的电影不一样，所以正在烦恼怎么决定。

女朋友的生日。我想不起来今天是几月几号。不过是周六。

“麦。”

我终于说出话来。但是嗓子哑了，没发出声。

“有事吗？”

那个人稍微歪了一下头问道。话音刚落，从旁边的铁架子上，掉下来一个扁平的金属，发出哐啷一声巨响。咣咣咣地在地板上滚，那个人用脚一下子踩住了。声音停了。表面上声音是停了，可那个咣咣咣的声音却转移到我的脑海里。

“不好意思。”

那个人轻轻点了一下头。刚才不高兴的声音，突然变了一个声调，脸上好像浮现出了一丝笑容。但是，他还是没有叫我的名字。我感到很不安。

“是鸟居……先生吗？”

我试着说出了麦的名字。这次声音很清楚。他回答道：

“我叫丸子。”

就在这时，这次架子上的扁平的箱子滚落下来，里面的红标签洒出来了。又薄又小的红纸，飘飘洒洒地从空中落下。那个人用眼看看周围的红色，没有去捡它。

“丸子。……真的吗？”

“请问，你是谁呀？”

那个人像视力不好的人，在确认能看见却又看不清的东西似的，打量着我。那双眼睛，就是五年前我所见过的麦的眼睛。但是我还是第一次看到麦的这种表情。我好想问他为什么要这副表情，但是，我说出的是别的事情。

“下面的‘海胆奇迹’服装店，虽然从外面看不见，但里面有一个咖啡厅，我在那里打工……”

“啊，你好，我叫丸子亮平。在这里上班，请多关照。”

那个人突然表情亲切地又点了一下头。黑色T恤里露出了晒得很黑的胳膊，整体体格很健壮。他头发很短，发质似乎很坚硬。个子有些矮，但并无大碍。他头顶上的一张红纸，又落了下来。

“哪里，我也请多关照。”

我条件反射地点了下头。DJ介绍了下周上演的电影原声音乐集里的主题曲。弦乐器特有的舒缓的曲调悠扬地响起，好莱坞电影特有的气势宏伟的交响东团，开始奏起似乎迄今为止听过很多遍的乐曲。然后女歌手用她那引以为豪的音域宽广的歌喉，开始演唱。

他问道：

“您有什么事吗？”

“啊，我们老板，就是海胆奇迹的老板吧，叫权藤。看了你就会知道，他胡子很密，秃顶，不是有那种倒过来看也像脸的画吗？就像那种的。是个打扮怪异的大叔，那个，权藤叫我问荒木先生要不要冰咖啡，所以我就来了。”

“荒木不到三点不会来。”

“是吗？那么打扰了。”

我用力地弯下腰，趁这个机会，总算可以把右脚往后挪一下。

“我领不到吗？咖啡。”

“不，我觉得完全可以。”

“那么，给我来一杯。”

“好，知道了。”

我把头低得更低，尽量不去看那张脸，然后以这种姿势转身下楼。转过楼梯平台，我才停下来，把后背贴在楼梯的墙壁上，大口地喘息着。反复了好几次。墙壁很凉。

电影的主题曲听起来更加激昂了，美妙的男女声二重唱余音缭绕。电话响了。

我对坐在吧台前，对着小型笔记本电脑的权藤说道：

“荒木不在，有一个叫丸子的人在。他说要喝咖啡。”

“就他一个人？”

“是的。”

“啊，是吗？那么，好吧，给他送去吧。”

权藤支撑着胳膊肘，看着电脑画面，他眼皮也没抬地答道。

“那个——”

权藤的络腮胡和胡子连在一起，我望着他的脸问道：

“那个叫丸子的人，权藤先生您跟他认识吗？”

“大概，以前稍微见过一次，是那个个子很高，脸长得有点像黑豹的人吧？”

黑豹。权藤依然支撑着双肘，眼睛咕噜一下转向我。我心想长着这种眼睛的鱼，叫什么来着？我不敢与他对视。却与笑得有点不怀好意的千花的眼神对上了。周围的人都在传权藤是同性恋。也有人说他只是装作是同性恋。我也不知道哪一个是真的。

“我，那个……啊，您好！”

门开了，我看见送酒的人正要把装啤酒罐的箱子搬进来，于是我尽量声音响亮地招呼道。雪子正在招呼老顾客，一旁似乎很清闲的千花的眼睛亮了。

“那么，我去吧。咖啡是冰的，是吧？”

话还没说完，千花已经冲进了小小的厨房，开心地往杯子里装冰块。我一边倾听着冰块那清脆声音，一边不知所措地想：我是该看千花呢，还是权藤？抑或是拿着发票的送酒的人呢？

雪子的客人买了带宇宙飞船图案的T恤和针织裙。

千花回来了。一副像唱着快乐的歌曲的表情。她拉着我的胳膊，到最里边的冰箱前，小声说道：

“我说我说我说，我这人比较直接，比起长得很帅的男人，我更喜欢像他那种有机可乘，并且有男子汉气概的人，真的。”

“啊啊，真的？”

千花用浓密的黑睫毛下的那双梦幻般的眼睛看着我，她抓住我的上臂，故作小声地继续说道：

“那个，是朝子喜欢的类型吧？那朝子该怎么办呢？听说亮平住在池尻。离我家很近。”

“你说得好快。”

“啊，对不起，我一兴奋，说话就快。那么下次一起约他去吃午饭吧。他们那儿有四个男人。朝子或许能遇到意中人。”

刚进来的客人站在门口，因为逆光，让她看起来像隐身人。

在秋天的第一批新货中，我想买件针织衫，上面是墙壁被雨水渗透的图案。

过十点了。我跟正在开会研究秋冬衣服的雪子、千花和酒井说了声“你们辛苦了”，然后走下楼梯。从马路上抬头仰望“海胆奇迹”的大玻璃窗，确认除了黄色的连衣裙和褐色的开衫以外，什么也没有之后，我又再次环视了一下周围。然后来到大楼后面，打开了门。借着里面荧光灯的灯光，走进了凉爽的走廊。上楼梯的时候，我尽量不发出声音，慢慢地往上爬。

我从二楼和三楼之间的平台，查看着三楼的动静。荧光灯的灯光和鲍勃·马利的 *Who the Cap Fit* 的歌曲，从敞开的门内流向了楼梯。有几个男人在说话。搬家的工作好像还在继续。傍晚，荒木健二（经营服装网购网站制作公司，两名正式工，一名临时工）来“海胆奇迹”打招呼，他身材矮小，虽然脸长得不一样，但他一直静不下心的感觉，不禁让人联想到冈崎，让我越来越觉得不安。

听见有人说“您辛苦了”，我慌忙跑下了昏暗的楼梯。

我一步也没停地在夜晚的马路上奔跑。

到了表参道，突然眼前一亮。那些大树依然将大量的树叶，高高地覆盖在头顶。虽然没人数过，不过肯定有成千上万片叶子。由于安在建筑物上的照明的缘故，顶端的叶子像塑料一样，闪烁着人工合成的绿色。树下围着的栅栏边上，总是坐满了人。不知道他们是不是在等人。我看见了照亮他们的耀眼的白光。是罗森发出的光。在店中间，我看到了麦的脸。他在架子对面，比架子高出一头的那张脸，稍微向右移动了一下，停住了。便利店的灯光似乎要剥夺人们的思考能力，它又白又亮，无论从哪个角度都能被均匀地照射到。或许这里是我所知道的最亮的地方。我站在灯火通明、闷热的人行道上，看着那张脸。麦的脸又向右边移动了，因此身体也露出来了。我看见它左手拿有手机。不久他放下手机，一直盯着架子看。我见过。我心想。我见过那张脸，并且，现在也在注视着。

自动门开的同时，铃声也响了，声音比我想象的还大，吓了我一跳。

罗森里面很凉快。他背对着我，我还以为被发现了呢，于是我藏在面前的架子的角落里。架子上摆满了红、绿、紫等各种东西。他向店的最里面走去。实际上，最里面还有一个出口，我担心他从那里出去后就消失了，心里有点慌。在两个收银台的店员的注视中，我大摇大摆地向里面走去，跟正要打开冷柜，拿罐装啤酒的那个人搭话。

“请问……”

他停下手，看着我。冷柜的玻璃门眼瞅着就蒙上了一层雾。

“什么事？”

他把手里的东西放进篮子里，关上门。啤酒罐是金色的。像星星一样的金色。绿色的篮子里，还放着一袋薯片。他裤子上的红色，又闯入了我的眼帘。我问道：

“您是大阪人吗？”

“是的[①]。”

很抱歉我没有余力去笑。

那个人也看着我，没有笑。

“您是大阪什么地方人？”

“丰中，我一直在丰中。”

“多大了？”

“二十五。”

如果跟麦一样大的话，应该是二十八岁。从什么时候起，只有我一个人年龄在变大！啊，对了，麦去上海的这段时间，日本过去三年了。不对。也许是年龄差几岁的双胞胎。

“您有兄弟吗？”

---

① 此处用的是大阪方言。

“为什么这么问？”

“不，没什么。”

“有一个比我大两岁的姐姐。”

“好的，非常感谢！”

那么你父母离过婚吗？你父亲和母亲除了现在这个家庭以外，还有其他子女吗？有长得很像的表哥或堂哥吗？这种话怎么问都很奇怪、没有礼貌、不自然。会被认为是奇怪的人。而且，很多时候本人不知道自己的出生秘密。去年流行的韩剧也是这样的。那么他是被伪造的记忆给洗脑了吗？原来如此，我截然地说道：

“是麦吗？”

我时隔五年第一次听见，自己的声音清楚地说出了这个名字。因为耳朵听见了，所以我动摇了。眼前的麦的脸，瞬间瞥了一眼摆满了啤酒的架子，然后看向了我。

“动物园……？”[1]

“非常感谢，您辛苦了。”

我低下头，转过身，直接走向便利店的外面。跑了起来。交叉路口正在施工，红色警示灯一闪一闪的。如何想有两个麦这件事实，我一点也没有头绪。

坐上地铁后，发现对面坐着一个很眼熟的人。正在犹豫要不要打招

① 麦和貘的发音一样，所以亮平以为是动物的名字。——译者注

呼时，我才想起他是位心理学家，每次发生连续杀人案和猎奇案件时，他都会在新闻节目中解说。我们在同一站下车，我跟在他后面，他进了便利店。

补习学校的办公室，从夏季班开始以来，出入的人越来越多。一位只有暑假来上课的讲师，无论我提醒过多少遍，他都随便用我的桌子，还不道歉。而且，还长篇大论地跟我诉说他是如何受社会冷遇的。他是水瓶座，今年二十五岁。

八月份了。

台风过后，天气变热了。

顺着水泥空心砖的墙壁攀爬的苦瓜蔓，结了好几个瓜，上面有很多不规则的突起。在苦瓜蔓的阴凉处，玛雅的外公，今天也在擦自行车。

我用手背擦掉了脖子上的汗。有一种泥土的味道。

道路上终于有树荫了，两个大妈各领着一条狗，站在那儿聊天。一条是柯基犬，另一条是猎獾犬，两条狗的身体离地面都很近，看起来很热。

“我们家没有人喝酒，今年还有人送来了大量的啤酒。”

“我们家一天内，收到了三十个海螺和三十个桃子。当时我就想这可怎么办哪。”

三十加三十等于六十。

“您好！”

我问候道。

“啊，你好！”

玛雅的外公也说道。他弯着腰，稍微转向这里，像往常一样打招呼。然后马上转向自行车。这辆形状像邮局的人骑的深绿色自行车，总是发出暗淡的光芒。

顺着楼梯上了三楼，我按响了三个绿门中的最右边的那一个门铃，从略开着窗户里，传来的声音不是玛雅的，而是哈希的。她不冷不热地应了一声“来喽”。

“真的是只有脸长得帅，一晚上都在说别人的坏话。太差劲了。男人聚在一起就说人坏话，真是不敢想象。”

我将取景框对准了哈希上个星期才烫的褐色鬈发上。这个头发过不了几天就会变成爆炸头，一边这样想着，我一边又将取景框从她那像鸟巢一样的头顶，移向了手臂前端，灰色的运动衫袖口是卷起来的。哈希上身总是穿运动衫或T恤。下身也从没有看过她穿牛仔裤以外的东西。她的手指甲很短，手的动作和嘴巴说出去的话，完全没有联动性。她在大桌子上的菜板上将茄子、西葫芦和彩椒切碎分开。变成小四方形的蔬菜，连同菜板一同被水平地端走，倒进了锅里。

“欸？阿根廷人是那样的吗？好意外。”

玛雅用长筷子拨弄着锅里的菜。只要我按动相机右上角镜头的按钮，四方形取景框中的锅和手，就可以放大。这次我对准了玛雅后背的白衬衫和长头发映射的灯光的影子，拉进了镜头。她总是穿素色的衣服。不管是白色、黑色还是褐色，都没有花纹，样式也很普通。与其说是简约，不如说是普通。当我穿着“海胆奇迹”的衣服时，她总是很神奇地盯着布料的花纹看。为了将身材高挑的玛雅和小巧的哈希放进同一个框内，我稍微拉近了镜头。两人相差十几厘米，我跟哈希个头差不多，看到镜头的两人，让我意识我和玛雅也有那么大的差距。哈希摇着发梢凌乱的头发，说道：

“度量太小了，太小了。总之像个女人似的。”

“是吗？”

“感觉哈希跟拉丁系很合得来。我还以为在那边你已经有不错的男友了呢。”

我边说，边按下快门。机械卷动胶卷的声音和振动传到了手上。这次我将相机对准了哈希，她的嘴角是歪着的。

“什么？怎么可能！这真的是我从布埃诺斯回来的理由哦。没有舞伴，是没法跳探戈的。”

朝东面有一个大阳台。因为窗户全部打开，所以有风吹进来，不用开空调。三楼视野也很开阔。我看见东面辽阔的天空，正迅速开始向蓝色转变。哈希两只手几乎没停过，感觉她总是边干活，边进行下一个活的准备。三十六张胶卷用完了。我换上了新的胶卷。又架起照相机。通过小型相机的取景框看到的厨房，非常精巧，仿佛是鲜明地重现在机械中的小模型。

透过橘黄色电灯罩扩散的略带红色的灯光，充满了房间。打印出来后，玛雅和哈希肯定全身都笼罩在橘黄色里。我想象着那样的照片。按下快门，随着快门开关的声音，胶卷卷起来的声音，一瞬间，排气扇的声音，刀在菜板上切紫苏的声音，水流的声音，玛雅和哈希的说话声，突然一起变大，涌进了我的耳朵。

“话说昨天吧，我给十月份结婚的朋友打电话。她让我演讲，我在苦恼讲点什么，于是我就想跟她商量商量。我问她，我跟由美子你，中学时代有什么最值得回忆的吗？‘真是的，你在说什么呢？我们俩不是被车撞了，一起住院了吗？’听她这样说，我吓了一跳。我问她‘欸？是吗？什么时候？那是几年级的时候？’据说是二年级，从篮球部回家时，被面包车撞了，住院也是同一间屋子。”

“住院？那可是个大事呀。”

菜刀在哈希手中闪光，她用另一只手拿着抹布擦拭。菜板倾斜时，湿的地方反射着天花板的灯光，形成了光纹。

由一块木板做成的旧桌子上，摆着一个淡蓝色的花瓶。里面插着花瓣已经打蔫了的紫色的小花。

“大腿都骨折了，我当然记得住过院。连这种事都忘了，那可大事不妙了。我只是忘记了原因，‘啊，原来是这么回事。’然后就想起了许多事情。比如开面包车的大妈态度恶劣什么的。”

“不，没有人会忘记吧。这可是人生的重大事件啊。”

哈希低声笑道。玛雅打开冰箱，又关上。她的长发在身后绑在一起，垂挂在装饰皮筋上的玻璃球，动一次亮一次。

“我只是一直以来没有机会想起来罢了。因为我有很多新东西要记。下周拍摄的剧本又要改了，十年前的事情早就藏在了最里面了，朝子，也有过类似的经验吧。”

歪斜的小四方形中，轮廓鲜明的玛雅看向这里。我把脸从相机移开。房间很亮，墙壁和天花板笔直地交汇在一起，形成了直角，我看着站着房间里的玛雅和哈希。哈希的卷发变成了透明的褐色。

“没有。”

“欸？是吗？你记忆力可真好啊。不过，前几天，哈希也说过忘记高中男友的名字了吧。”

玛雅开始摆碗，我也站着没事，就帮忙放筷子和杯子。从现在的样子可能很难想象，哈希曾是跳探戈的。之后做过日语教师、学过建造庭院，现在在一家有自家菜园的有机咖啡厅做服务员，在那里还可以学习做菜。哈希跟玛雅以前的男朋友是朋友，曾一起办过活动，而且，还跟在这个房间里一直住到春天的直美也是朋友。今年年初，跟她借了三十万的高中同学联系不上了，之后邻居家着火了，她家也进水了，因为灾难一直持续不断，所以她搬过来了。直美跟在路边一见钟情的加拿大人结婚，去夏威夷了。三室空了一室，玛雅劝我也搬过来住。但是，我不擅长收拾，让别人的东西也发霉了，那多不好意思。刚搬来东京时，惠美琳也曾劝我一起住，我也以同样的理由，放弃了。这么说来，跟惠美琳有半年没见了。

哈希把锅里的东西分到碗里。屋子里充满了大酱的香味。

“不是经常有记得住脸，却叫不上名字的时候吗？被车轧了这件事，即使是等你快死的时候，回忆一下，也能进前三名吧。”

“嗯嗯，结婚、生娃、出演周二悬疑剧，今后还会有很多事情发生的。”

玛雅的梦想不是演言情剧，而是演两小时的悬疑剧或者侦探剧。并且还是里面被杀的酒吧女、讨厌的主妇等小角色。哈希随便应付地笑了笑，从冰箱里取出自己泡的梅子酒的瓶子。我接过来，放在矮桌子上，然后分到杯子里。好像有什么白色的东西在动，抬头一看，面向阳台的大窗户的窗帘被风吹得飘舞起来。白色窗帘的对面，是一片深蓝色，分不清哪里是天空，哪里只是暗下来了而已。

“啊！”

听到玛雅的尖叫声，吓得我一哆嗦。

“啊啊、啊啊！”

低头看了一下桌子，我拿的瓶子碰到了碗，里面的东西都撒到了桌子上。

“对不起，对不起，真的对不起。”

“用这个擦一下。”

我用玛雅扔过来的抹布，开始擦桌子。但是玛雅立刻就跑来了。

“啊，那边也掉下来了。给我给我，我来弄，朝子，你坐着吧。”结果抹布被抢走了。

从外面深蓝色的空气中，传来了乌鸦的鸣叫声和救护车的鸣笛声。

我想起了周五晚上来“海胆奇迹”喝咖啡的，叫丸子亮平的那个人的脸。不是现在，是从很久以前的早晨，我就多次想起过。昨天关店后，在“海胆奇迹”前面的马路上，千花叫住了那个人，我从挂在橱窗里的牛仔布料连衣裙的后面，久久地俯视着那张脸。就算看过再多的电视剧，我也知道他没有电视剧里那么多的秘密。那么这个人的存在真是让人困惑。他没有注意到我在看他，直接向昏暗的坡路走去。我让回到店里的千花向我报告他喜欢的食物，最近看的电影，并跟她说亮平就是我的理想型。

重新盛的大酱汤，有一种木鱼片的味道。

门突然开了。玛雅的外公——半藏进来了。

“这个，可以吃了。”

他右手拿着两根苦瓜。

“干吗，半藏，不敲门就进来了。我们已经在吃饭了。”

管半藏叫外公是会挨骂的。这个当初我来的时候，就听惠美琳说过。

“再做一个菜不就得了。”

“那就太多了。半藏也一起吃吧。”

“我可没你们这个时间。”

“什么嘛，吃个饭总行的吧。待会我拿点饭过去，知道了吗？”

“啊。”

半藏简短地应道，此时已经背对着我们，关上了门。玛雅把苦瓜放进冰箱里。

“其实他是很寂寞的，对吧？”

玛雅和玛雅的妈妈，玛雅的妈妈和半藏，好像各自关系都不怎么好。玛雅搬到这里，也是其中的一个理由，具体情况不得而知。

“我可能喜欢半藏这种类型。”

哈希还望着门口，冰冷的门被涂成绿色，很像苦瓜的颜色。

“千万别。”

“最近已经没有这种男人了，而且长得也很帅。”

“他好像出演过什么电影。”

“什么电影？”

因为半藏这个名字，我脑海里浮现出来的影像，是忍者的打扮，而且画面是黑白的。

“他不告诉我，我也不知道。”

“玛雅，你继承了半藏的血统。”

“血统？继承？他可是我老妈的爸爸耶。”

玛雅用筷子把豆腐分成四小块。我觉得我来吃饭是来对了。这里有玛雅和哈希，我被她们救赎了。

“把苦瓜带走哦。朝子你要多摄取维生素C。”

玛雅的话，在意料之中。

玛雅不仅喝酒喝到早上才回来，而且回来后又喝了很多梅子酒。她躺在沙发上一动不动，因此我偶尔盯着她的肚子，看是不是上下在动。而我和哈希则在另一张沙发上吃冰激凌。

电视上的演播室里，主持人和嘉宾坐在粉色的沙发上。房间里的色彩搭配好像美国动画片，让人静不下心来。虽然像是客厅，但谁也没有很享受。一个秃顶、大肚子、脸长得也很奇怪的男人在讲话。他出身于小剧团，最近因为在侦探剧里演小气的上司而一炮走红。主持人是笑星，他问道：“听说你以前的太太是个大美人哦。”那个人耸一下肩，挠了挠脑袋。

“这种人，意外地受欢迎，但实际上可能是个渣男。”

我说着，把化掉的冰激凌用勺子集中在一起。还握着满杯的梅子酒，在沙发上盘腿大坐的哈希说道：

“其实不是的，竞争率很高的了。秃子也好，胖子也好，跟受不受欢迎一点关系都没有。真想让世人知道这一点。啊，我不是因为他是秃子才喜欢他的，这个人，很可爱呀。”

这位红人，故意一边故作谦虚，一边讲述着自己的故事。如高中时代从女孩那里收到了很多鲐鱼罐头，还有两名女子在自己的面前大打出手，导致他第一天的公演都没有演成等。其他的嘉宾和会场的观众也反复发出惊讶的声音。

“虽然是很久以前的事了，玛雅说曾经跟他一起喝过酒。”

“真的假的？要不让她给我介绍介绍吧。”

嘴上虽然这样说着，哈希却一脸无所谓地从沙发上站起来，去关阳台的窗户。哈希经常说给她介绍个男朋友，想找一个男朋友之类的话，但没有听说她真的去见过谁。玛雅邀请她去联谊，有时她都放鸽子。她说她已经忘了。我总感觉哈希有不去的理由。

“啊，是这个吧。”

听到她的声音，我抬起头来，电视中，玛雅身穿紫色和服、扎着双马尾，站在两旁长满树的道路上。嘉宾是经验丰富的女演员，玛雅在再现她悲情的恋爱故事。

“玛雅的假发，好奇怪。”

“在这种地方省钱可不行啊！”

“是不是不能比本人还漂亮，故意这么做的。”

哈希打开了不知何时又拿来的一罐啤酒。

“这里是外苑前的银杏路吧。”

“那里是有名的录影地。我也看过在那里拍电视剧。”

我拿起桌子上的相机，将取景框对准电视画面，按下了快门。满眼血丝的哈希问道：

“电视，能拍成照片吗？”

“能是能，不过跟肉眼看的感觉不一样。”

“为什么？为什么不能把看到的样子拍下来呢？”

“为什么呢？”

为什么呢？

我站了起来，移动到可以将玛雅和电视一起收在取景框里的位置。玛雅没有察觉到自己上电视了，在她头顶的斜前方，带着假发，穿着和服的玛雅在流泪。看着四方形取景框里的情景，仿佛是熟睡的玛雅做的梦出现在电视上。我突然想到，半藏或许和这位再现剧里的真正的女演员一起演过戏。虽然年代不同，但或许是真的。不知道玛雅有没有告诉半藏今晚上电视的事。我按下快门，听见了胶卷卷动的声音。

“朝子，你为什么要拍照？”

哈希从沙发上滑落下来，滚到了地板的地毯上。衣服边卷起来，露出了肚子，我拍下来了。

“嗯，怎么说呢？因为过一段时间，再拿出来看会很有意思吧。”

“不是，我不是问这个。我是问你不做这方面的工作吗？上次，直美的婚宴上见到的木岛，他是照片杂志社的人，他不是说要看你拍的照片了吗？”

我暂且放下相机，直接看着哈希。

“即使不把拍照作为一种职业，我也会做自己该做的事，当真做了，一定会有很多辛苦和麻烦的事情。”

“你要是这么想，那就什么也做不了喽。”

哈希哈哈大笑起来。结果掉到了地板上。她的笑法好像是在笑学会了语言，却不知道怎么用的孩子一样。我被哈希的笑声包围着，心想或许不是我想的这样。我拍照，然后看拍下的照片，感觉这样很有意思。但是我没有想把它当作作品来表现，我对着正在哈哈大笑的哈希按下了快门，如果把它拿去打印，答案就出来了。我会想：“啊，拍下来了。”我再也想不出比这更有意思的事情了。哈希笑得停不下来，在地毯上一个后滚翻，站了起来。在电视机旁用两只手比画着剪刀手。

“等一下。”

我从厨房搬来一把椅子，把相机放在上面，设置成自动拍摄。我站在哈希的另一侧，电视上的玛雅和沙发上的玛雅之间，微笑着盯着像小洞一样的镜头。红灯闪烁的速度越来越快，闪光灯亮了。电视中的玛雅说了声再见，我才想起来这个短暂的录像是个悲剧故事。

突然，玛雅翻了个身，掉到了地板上。

便利店前，有一个号啕大哭的女孩在打电话。睫毛膏都化了。她完全没有意识到周围的状况，大声地哭诉说刚才跟男朋友分手了，并跟他说了再见，这真的是现实等。一场恋情结束了。

九月份了。

从星期天早晨就大雨瓢泼，流过来的水都够洗“海胆奇迹”的橱窗了。

“来到东京后，天气好像一直不好。”

我边给权藤倒红茶，边说道。他用右手挠着被胡子遮住的腮帮子。

“一直？一直意思是说，两年多一直天气都不好？”

“说错了。我觉得坏天气比好天气多。”

“啊，吓我一跳。”

权藤看着打在窗户上的雨点。由于阴云密布，虽然是早上，但是却很暗。

十月份了。

透过五楼角落里的大玻璃窗，能远远望见夜晚的明治大街上绵延的街灯，以及在道路上行驶的汽车的黄色灯光。

店内的墙壁分别被涂成橙色和绿色。在中间的绿色乒乓球案上，权藤、荒木和两个我不认识的人，在打乒乓球。大家都醉醺醺的，几乎没人打到球。今天在惠比寿庆祝权藤的店开业十五周年，他们是从那儿来的。

“不可能，不可能的。”

哈希拍了一下旁边男子的脑袋。她今天也是牛仔裤加 T 恤，外加一件运动连帽衫。哈希去哪儿都是这身打扮。旁边的男子身穿紫色条纹，上面印有“王子”（译注：美国歌手）的头像的针织衫。他完全不在意被拍了一下。

“是真的。因为我问她：‘你是麦当娜吗？’她回答说是麦当娜。”

“那才不可信呢！”

哈希这次拍了他的肩膀。在另一边，玛雅靠在固定的大玻璃窗上，快要睡着了。我坐在对面，旁边是“王子”的熟人，他非常瘦弱，穿着带红色闪电图案的薄衬衫。男子不停地喝着可乐，漂亮的金色染发下面的眉毛也是金色的。

“相信别人的这种想法还是很重要的吧。”

“王子”喝着深红色葡萄酒说道。哈希盯着他的眼睛，一字一句地说道：

“相信这个词，就是连怀疑的事情也相信。”

“相信别人的人，才有可能实现梦想吧。”

“王子”把视线移向玻璃窗外。他一定是不相信自己所说的话。这里是五楼，没有电梯，只有周末营业。有人喜欢特意去只有自己知道的地方，东京就有很多这样的人。所以，什么店都能经营下去。

与我背对而坐的千花，喊了一声亮平。亮平靠在沙发上的重量，微微地传到了我的后背。好重。说明这个人是有生命的。估计用手摸的话，一定有温度。我觉得可以转过身去摸摸。但是，看到他的脸，我就觉得他是麦，就想跟他诉说麦的事情。因此我没有转身。这点分寸我还是有的，好歹我已经是成年人了。

有一面墙，整个都是书架。写有英文字母的写真集故意被凌乱地放在里面。对面墙上，投影仪投放着黑白电影。听不见台词。相反能听见舞曲。

旁边的金发男子又要了一杯可乐。然后，仰头嘟囔着：

“昨天回家后，发现女朋友买了一条狗。”

“什么狗？”

“吉娃娃。”

“墨西哥犬啊。”

哈希说道。“王子”重重地点了点头。金发男子拨弄着有闪电图案的衬衫衣领，用沉稳的声音说道：

“我想要只猫，它能活二十年左右。”

“欸？”

我的一声大叫，引来了众人的目光。

“那个，是真的吗？”

“我说朝子，那里不是吃惊的地方吧。”

本以为睡着了的玛雅，不知何时已经笔直地坐起来了。

“不是从小的开始先死吗？狗也就十几年吧。养二十年，那还得了。”

“为什么？如果早死了，不是很伤心吗？”

“活二十年再死，更让人伤心吧。要是活得比我还长，那就另当别论了。”

“比如象龟？”

“就是那种的。”

“你没养过动物吧？”

金发男子说道。他那从袖口露出的金色手表，反射着聚光灯的灯光，有些刺目。

“也就，金鱼吧。”

“我们家从我小时候就一直在养小动物。现在还有吉娃娃。”

“不是从昨天开始的吗？”

“变成两条了。”

金发男打开手机，喜欢狗的哈希探出了身子，她的脸被白光照亮了。

“好可爱。”

“名字叫牛奶和甜瓜。”

“哇啊——”

哈希朝着我，吐着舌头，做出了一个想吐的表情。

权藤打出的乒乓球飞到玻璃窗上，又弹了回来。

就在我的耳后，响起了跟麦拥有同一张脸的那个人的声音。

“因此，我就到老家对面的警察局去咨询了。我说四个小时前我喝了点啤酒，真的只是一小罐，但是我老妈非要我去接她。我想请你们帮我测测算不算是酒驾。他们很惊讶，还训了我一顿，说这不是问题的重点。这就是问题的重点呀。”

千花欢快地大笑起来。与麦拥有同一张脸的人，不看脸，光听声音，觉得跟麦并不像，而且说话的方式完全不一样。只听他的声音，我放心了。回过头去，如果看到他的脸也不一样就好了。但是我还想看到那张脸。

顺着窗户下面延伸的道路望去，我想起曾和玛雅在对面角落的罗多伦咖啡店的二楼见过面。那也是两年前的事情了。道路有点蜿蜒，不是笔直的，上面车水马龙。

从洗手间出来，迎面遇见了与麦一模一样的那个人。

“啊，你好！”

与麦一模一样的人微微笑了笑。果然是有什么事瞒着我，我心想。明明不是一个人，却长得一模一样，这是要向我传达什么讯息呢？我好想问问他。如果长得不像，我就能跟他正常交谈了。我大概很想跟这个人谈一谈。

“你好！”

我装出一副亲切的样子，为了快点逃离这狭窄的走廊，我从那个人和墙壁之间的缝隙钻了过去。

“鸟也很长寿哦。”

回头望去，在绿色的门前，只有脸像麦的人，浮现在被橘黄色灯罩覆盖的灯光中。头发也被光线包围着。他用跟麦一样的眼睛看着我。我已经分不清到底是谁在看着我。

“听说可以活八十年。”

“欸——”

我只是单纯地发自内心地惊叹。竟然是八十年，或许我出生之前它就在，我死了以后，它还在。而且有的鸟还会说话，真是一种可怕的动物。亮平的话总是很有趣，我想多听听。

“是什么鸟？”

“我也不知道。”

他一副无所谓的样子，消失在绿色的门后。

从里面的走廊出来，乒乓球已经打完了，球台变成了桌子，千花正在喝着细长杯子里的饮料，我们的目光不期而遇。

“你跟亮平谈什么啦？”

杯子里是由橘黄色向红色渐变的液体，她一边用搅拌棒搅拌着，一边用醉酒后的甜甜的声音问道。我在她旁边坐下。千花后面的投影仪投放的影像，坐下来后看得更清楚。不知何时开始转播外国的足球比赛了。草坪是绿色的。

“他说，他养过鸟。”

“真的吗？这可是个新闻。但是，我吧，一旦喜欢上一个人，就容易太过热情，亮平多少也有点被我吓到了吧。”

千花垂下眼帘，长长地叹了口气。假睫毛的影子落在脸上。

“哪有的事。”

对于这个比我小七岁的女孩，我并不诚实。

“是吗？我这是叫勇往直前吗？权藤也劝我说，要想法让对方追我。”

权藤在吧台喝着啤酒，周围坐满了女孩，因为打乒乓球累的，他显得有点困倦。千花后面的大屏幕上，进球的穿着条纹球衣的男子，高举双手在草坪上奔跑。他的伙伴们一个接着一个地跳到他身上，人越来越多，终于倒下了。草坪上堆起了人山。

“但是，我成不了别人。我会努力的。”

千花猛地仰起脸笑了。非常可爱的笑脸。我和麦在一起的时候，或许也是这个年龄，也是这样的笑脸。看到在“海胆奇迹”前聊天的亮平和千花，我想麦和我的个子也是差那么多吧。

“恭喜了！”

突然声音嘈杂起来，回头发现一个金发和一个带着红色爆炸头假发的女孩走了进来。一进来，她们就把抱着的超级大的一束花，挥向了权藤。亮平正好经过，大量的玫瑰花和荷兰花砸到了他的脸上。在漫天飞舞的花瓣中，亮平拍着手说道：“恭喜了！”

在世田谷线的车站下车后，我要在附近的道口，等候自己乘坐的有两节车厢的电车经过。夜幕中，从面前驶过的红色电车的车厢里充满了白色的灯光，乘客们茫然地望着窗外，我刚才也在那么高的地方吗？我喜欢这样一边看，一边想。

回到房间，打开电视。上面播放着从世界最高峰的山顶上俯瞰的景色。画面是白色和淡蓝色，好像死后的世界，既恐怖，又美丽。之后是新闻。木造房屋被放火全部烧毁。某个地方的罕见的节日。我每天观看着大量发生在远方的事情，没有摄像机绝对看不到。这些都很精彩，或许没有摄像机就没有必要看。无论明天还是后天，我都要继续看下去。动物园公开了一只虎宝宝。正在征集名字。

一周过去了。

又到星期天了。

从玛雅的房间下到一楼，墙边的阴凉处，半藏正在擦自行车。

“早上好。”

“啊。”

半藏穿着木屐。

“都过了正午，还说早上好呀。”

我们在三楼的房间里，聊到凌晨四点。所以现在是下午一点。天气晴朗，碧空万里。

“对不起，熬夜了。”

“我不是这个意思啦。”

半藏仍然背对着我，用撕得细长的白布条擦着自行车的辐条。

“这辆自行车好酷啊！”

我说道。过了半晌半藏才转过身来。

“你，有男朋友吗？”

“没有。”

“是吗？”

半藏一直盯我我看。他很少这样看我，因此我避开了他的视线，看向半藏的脚下，被水泥固定的过道的角落里长着车前草。玛雅和哈希边聊天便下楼，半藏的眼睛稍微向上看了看。

“老大不小的，还是一群女的呀。”

“就是。”

玛雅把哈希做的装有鹰嘴豆沙拉的盒子，递给了半藏。身后的哈希，看着半藏满是皱纹的手说道：

“半藏，要是有认识的年轻人，要介绍给我们哦。到四十岁为止可以考虑。或许只要有喜欢我的，什么样的都无所谓。”

“可不能这么说。”

“不可以这么说。”

祖孙二人几乎同时说道。

从邻家屋顶上飞下来的乌鸦，动作像只猫。东京的乌鸦会到人的跟前来。脑袋好大。

我们三个人去表参道看衣服。明明不买，却不停地试穿。三个人要逛的店完全不同，搞得很忙碌。每次被问到下一家去哪儿，我总是有意无意地建议去与“海胆奇迹”相反的方向。今天店里的另一个女孩负责咖啡厅。亮平和其他人应该不在三楼。我的行动准则是尽量不要与亮平碰面。只要不看脸就行了。

在我最喜欢的店里的，大红的试衣室内，我换了五次冬天用的衣服。镜子里的自己跟我想的不太一样。进入新的衣服里，身体可以在某种程度上，变成新衣服的形状，于是脑海里的自己的形状，可以被稍微修正，并逐渐向完美的体形靠拢。这种感觉很有趣，让我心情平静。但是，从侧面照镜子，身体的厚度和从腰到膝盖的轮廓线怎么也无法改变。这些暂且放到一边，买了这件衣服，就要努力不要再胖下去。这也是新的买衣服的理由。即使账户里没剩多少钱，为了向做了这么漂亮的衣服的人，表示敬意和谢意，我也应该把钱花掉。因为这样做，会使世界会变得更美好。我买了条绿色和黄色条纹的连衣裙。哈希买了件黑色的运动衫。玛雅买了双棕色的靴子。不过，空气还像夏末一样闷热，玛雅穿的是半袖的衬衫连衣裙，或许她会担心，穿上今天买的衣服和靴子出门的日子，是不是不会来了。

来到表参道的大路上，有几片褪色的叶子，从榉树的树梢上飘落下来。我还没有去过这条路所指向的神社。

十一月份了。补习学校的理事长换人了，因此相关业务也多了起来。同事中野一个一个地悄悄告诉我们：新来的打工妹在微博上说我们的坏话。午休时我去了新开的乌冬店。味道很好。回到办公室时听见打工妹在喊："我不干了还不行吗？"

天气变冷了，我买了件羽绒服。紫色的。

到二〇〇六年一月份了。

大雪纷飞，世界洁白而宁静。

过了三天，狭窄的人行道的阴凉处还堆着冰冻的雪。我第一次知道，为什么必须要铲雪。大阪的雪只会化，不会积。

因为是考试和补习学校招生的季节，所以每天很忙，连周六、周日都不休息。每晚不到八九点钟不下班。因为延误，地铁变得很拥挤，穿着羽绒服，太热了。到了第二站，我就感觉眼前发花。是贫血。一个不认识的女孩给我让了座。视野很暗，我只能看见那个女孩的两只眼睛。终于可以看清周围的状况，我下了车。也不知道是哪一站，我坐在椅子上。汗珠顺着下巴流下来。我希望麦能来救我。麦真的出现了。感谢神明。但是，我没有喊出"麦"这个字。我觉得一旦我喊了，麦就会消失了。总之，即使不喊名字，麦其实就是跟麦长得一样的亮平。这一点我一开始就知道。亮平救了我。所以我想起了麦。亮平架着我的胳膊，走到楼梯边上。在楼梯上这次我眼前一片漆黑。脚下的楼梯也不见了。

在站长室，从楼梯上掉下来，摔断手腕的高中生痛得哭喊着。急救队员说，要是美国的话，叫辆救护车要几万块呢。沙发上已经躺着两名女子，她们是在电车内晕倒的。

变成灰色的残雪，在路灯下轮廓显得有点模糊。雪堆积起来，世界就会变得更加明亮。明亮而又美丽。我的身体也逐渐恢复过来。在我的公寓的楼梯前，亮平望着二楼说道：

“一般人会对救命恩人说，上来喝杯茶吧。”

我看向楼梯角落里冰冻的残雪，努力回想着早上出门时，房间里的惨状。接着我又看着站在面前的亮平的，那张像麦一样的脸，是让不仅救了我，还把我送回家的人直接回去呢？还是把他领到乱糟糟的房间里？哪一个更加不合情理呢？我没有得出答案。

“茶，倒是有的。”

而且，进入房间后，除了我没有别人，不用担心被人听到，所以或许亮平会边喝茶边告诉我，其实他就是麦。虽然我知道这只是我的凭空想象，但我的确是这么想的。

上了楼梯，经过走廊，我开了房门。看到在狭窄的玄关门口，密密麻麻摆了一地的鞋，亮平说道：

“这是在聚会吗？”

幸运的是，隔着玄关和房间之间的门不知为何是关着的。今天是扔可燃垃圾的日子，又是一个幸运。我让亮平站在玄关那里等着，暂且把直接脱在地板上的，已经成堆的衣服塞进被窝里。包、杂志和纸口袋扔进壁柜里，时隔半年拉上了壁橱的门。我在房间里转了一圈，检查了一遍。虽然我没有认为这就是收拾干净了，但至少让人看见也没有关系。我打开电视和空调，小心翼翼地请亮平进屋。

“这是在聚会吗？”

又来了。被炉的桌子上，有四个喝完后被扔在那里的马克杯和热水杯。然后亮平的视线又转移到，像有人钻进去似的隆起的被窝。棕褐色毛巾上的毛线球和灰尘十分醒目。真后悔没用白毛巾。

“各种各样的茶都有，你要喝什么？”

我边去厨房边回头，只见亮平打开了被炉上的茶壶盖子，一直盯着里面看。

“这已经像一座雪山了。”

我做梦也没想到白色霉菌会在那种地方繁殖！

亮平一脸严肃地盖上盖子，看着我。

“为什么？”

“我有时喝红茶，有时喝绿茶，热水瓶和茶壶也是分开使用的，怎么说呢？不看有时就会忘记，下次用的时候，打开盖子才会想起来。而且，这三天我都喝红茶，在这之前好像喝的是绿茶。这叫加贺棒茶，别人送的。冬天很容易……那个……长那种毛茸茸的东西，可能是因为天气冷，我暖房开得太热吧。”

“欸……”

从他的声音和表情，我很难判断这是哪种意思的“欸”。

亮平看向地板，左右确认了好几遍才坐在箱子上。墙角的箱子上放着电视，反复播放着正在燃烧的火灾现场，里面一直喊着是独家新闻。亮平看了一眼新闻。

“电视……”

说了一半，他又默不作声地打开手机，查看邮件什么的。

我用没发霉的热水瓶泡了焙茶放在被炉上。我紧张地一直跪坐着。热气的背后，跟麦一模一样的脸，默默地喝着茶。我想到，在大阪的那个空荡荡的房间里，我和麦也曾这样面对面坐着喝茶，“真好喝啊！”无论是什么，即使是瓶装饮料，麦也一定会说好喝。我们总是在麦的房间里。虽然现在已经不在了，那时我还和家人一起住，所以麦没有来过我的房间。麦明明没有来过，现在在这个房间里，有一个和麦一样的脸，我觉得这是不是哪里搞错了。我有点担心，亮平会不会把那张脸，一下子从下巴翻上去，然后从下面出现同一张脸，说：“我回来了。”我很不安。现在这个人最好不要成为麦。虽然我想见麦，但最好不要是这个人。

亮平突然抬起头看着我。他没有把脸皮翻上去，而是问道：

“泉谷，以前，你说的那人是谁？”

我正恍惚之间，跟麦一样嘴型的人张开了嘴。

“是不是跟谁搞混了？”

我终于明白他在问什么了。

“就是，那个，以前听权藤提起过，艺人事务所会搬来，说是有一个不错的模特会来，他只是随便说说，我也不是喜欢那种类型，只是偶然……”

亮平好像完全没有在听，他捡起滚落在地上的圆柱形垫子。

“这是什么？”

“这里，是锻炼这里的肌肉的。”

我把胳膊抬到胸部的高度，用两只手从两侧挤压垫子。

“买减肥道具的人，一般都瘦不下来。”

“我也不是想减肥，肌肉……”

我还没说完，亮平就站起来，来到书架前，书架上乱七八糟地堆放着小首饰和化妆品。书架后面的墙壁上，用图钉钉着几张照片。照片中，玛雅、哈希和他们的朋友看向这里。这是我时隔多日才拍的照片，所以我很喜欢。

“这是泉谷照的吗？”

“嗯。前些日子在玛雅家，开乌冬面大会……”

“我觉得挂在墙上之前，你应该打扫一下。”

亮平用冷冰冰的表情和声音说道，然后又回到了被炉旁。

“不过，就算不会收拾系很流行，你也没到可以上电视那种程度，过分逞能，变成了自虐，那就是冷笑话了。”

真是个一刻也不消停的人。这次他转过头去看电视。现在是播放天气预报的时间。新人主播不太流利地说从北方来寒流了，明天也非常冷。亮平看着电视画面又问道：

“你喜欢看电视？”

我还是有种被指责的感觉。

“也不是什么喜不喜欢，一般人都会开着电视。”

“欸——”

亮平这样说完，就一直盯着随后的广告看，明明没有看进去。这期间我在想，这个人为什么在这个房间里呢？我在大脑的角落里一直想象着，在离这里五百公里的那个公寓的房间里，我和麦现在仍然在一起。然而，现在我和这个人在这个房间里，也就是说，麦不在这里，在别的房间里。麦正被不是我的其他人，这样注视着。我感到很伤心。亮平一直待到体育节目结束（他好像喜欢足球），然后回去了。骑自行车也就十分钟，他说要坐电车绕道回去。

像往常一样一个人回到房间后，我这才想起来，亮平脱下的羽绒服一直放在床上，正常的话，应该用衣架把它挂上，我很后悔没有这么做。我甚至觉得这是因为我很气愤亮平跟麦拥有同样的脸，或者自己对于亮平感到内疚，所以我才故意放着不管。我不愿意去想，于是钻到被炉里躺下看电视。新闻结束后，今天的放映也是涩谷交叉路口的镜头。

感觉会有认识的人在里面，但是没有找到。右侧有一个戴着粉色假发的人经过。亮平刚才还在这，现在不在了。因为不在，所以才希望他在这里。

十月份了。

我来到了青山路旁边的星巴克的二楼，从窗边的座位俯视正下方的人行道。千花朝这边走了过来。时隔七个月才看到的千花，穿着柠檬黄的卫衣，这个明亮的颜色闯入眼帘时，我就想到是千花，结果果真是她。千花跟一个个头很高的女孩并排走着一起，头顶绑成一个丸子。头发长长了。高个子女孩笑后，千花也笑着拍了一下她的胳膊。她们很高兴地从下面经过。千花的身影越来越小，最后变成一个小黄点横穿过马路。千花走过的马路上，有几辆车经过。每一辆车都很闪亮。因为它们都反射了白晃晃的阳光。我似乎第一次发现，每一辆车内都有一个司机。

我再次看向下面的人行道，这次从千花走来的方向，亮平也来了。他看向车道。似乎很困的样子。深红色的防风衣被风吹向了后方。亮平笔直地走着。走到店前，他不经意地抬起头。发现我在看着他，他轻轻地举起了右手。我也挥手回应，从座位上站起来了。

亮平站在人行道上仰望街边的大树。树叶淡淡的影子，落在了亮平的脸和肩膀上。

“你知道这树叫什么名字吗？”

亮平仰着头问。

“嗯嗯。好像是杨树还是法国梧桐，听起来像外国的名字。”

“欸——”

亮平将视线移向长有斑点花纹的树干。这是一种叶子像河童的手掌一样的树木。硕大、干燥的叶子，预示着冬天的到来。

“你喜欢？”

“不，我也不清楚。”

亮平终于看向了我，他用左手轻轻地推了一下我的后背。我们并肩走了起来。跟刚才千花走的是一条路。千花不知道，几分钟后亮平竟然会跟自己走同一条路，现在她依旧不知道，估计继续朝“海胆奇迹”走去。午休结束后，她正往回走，跟她一起的应该是新来的店员。

三月份，千花知道我和亮平的事后，嚷嚷着要辞职。比起店里需要的员工，我这个打工的辞职是再正常不过了，因此我辞掉了“海胆奇迹”的工作。到辞职为止，千花没有跟我说过一句话，也没看过我一眼。后来“海胆奇迹”搬到南青山，我连那附近都没有去过。现在正是新衣服上市的时候。雪子和权藤都是老样子，这是我从上个月去店里的哈希那里听说的。据说千花既没有跟哈希，也没有跟玛雅说过话。我又想起了刚才不知道亮平从这里经过的千花的样子。我从来没有因为亮平的事，觉得对不起千花。刚才我默默地从上面眺望着千花，感觉自己像是隐藏了一个重大的秘密，但又好像是没有。

“你在发什么呆？”

亮平抓住我的胳膊，拉了我一下。一辆扁扁的自行车擦肩而过。骑车的人，头戴流线型头盔，脸上罩着墨镜。自行车和装备看起来都很昂贵。

“啊啊！”

我目送着那辆自行车的背影下到车道上，消失在一辆更加昂贵的扁平的汽车对面。亮平快速地走过斑马线。

“在这种地方被自行车撞了，可要引人注目了。”

“死了的话，会上新闻吗？”

“上也就十五秒吧。”

信号灯变了，行驶的车辆停了下来，等候的车辆开动了。

“今晚，哈希的店提供餐饮的地方，非常豪华，她说报上名字就会让我们进去。”

“有美味大餐吗？”

“当然，哈希可是这么说的。”

“那边好像在搞什么活动。”

亮平面朝着的马路里面，有一个长发女孩靠在大楼的墙壁上，被周围举着摄影机和反光板的人围在里面。又白又细的手脚从绿色的雪纺连衣裙中露出，这个女孩就是最近在杂志和电视广告上经常出现的混血模特。名字叫莱切尔。她还没有摆姿势，只是不经意地看着天空。

“眼睛，贼大。”

亮平看到莱切尔的脸，发出了简短的感想，接下来也没有表示出特别关心，从口袋里掏出手机，又合上了。我再次回过头去，看向莱切尔的方向。也许是因为她没笑，看上去比杂志上的脸显老。硕大的镜头朝向了她，于是她对着镜头莞尔一笑。啊，这才是她平时的样子，刚这样想，她就看向这里。虽然有点距离，但她的眼睛特别大，她看了我几秒钟，然后又再次朝向镜头。头顶上透过云层的日光和反光板反射的光，使她的身体从周围凸显出来。我听到按快门的声音，又或许是听错了。我从后面追赶亮平。

用玻璃做的菱形的普拉达的建筑，明晃晃地耸立着。因为看起来像水，所以感觉一捅就会有水流出来。

一条路走了两遍才找到画廊，在满是水泥墙的建筑物的三楼，一楼是设计事务所。楼梯既隐蔽，又难找，我们爬了上去，黑色的大门紧闭着，只有一个小招牌和门牌大小的灯，而且招牌上的字母一点也不可爱，只是随意摆放在一起。

“一点也没有迎客的态度。”

说着，亮平推开了厚重的门。挂在正面的巨大的波浪的照片闯入眼帘。拍的是深蓝色的海浪和淡粉色的天空。

站在照片前面的女子，惊讶地看着我们。她身材苗条，穿着西装，留着长发。我们向里面走去，穿过短短的走廊，左侧是一个宽阔的展厅。楼梯井上方的灯光照在白墙上，突然显得格外明亮。再往里放着两张沙发，三个男人相对而坐，指着桌子上的图纸在讨论着什么。他们被海浪、森林、岩石的照片包围着。

“非常抱歉。”

女子叫住了进入展厅的我和亮平。男人们也抬起头，看向这里。

“现在不是开馆时间，所以你们还不能参观。”

女子笑容亲切，语言也很柔和。亮平指着再次关闭的大门。

“门是开着的。”

“今天从十六点开始。不好意思，我们现在正在开会。”

“非常抱歉。”

女子继续保持微笑，她似乎很困惑，但又觉得亮平的话很有意思，所以我对她产生了好感。挂在墙壁上的小型显示器上，播放着海浪拍击沙滩的录像。

“我打心眼里喜欢这个人的照片。就是为了看这个展览，我特意从京都赶来的。而且是从一乘寺。但是，已经没有时间了。四点是不可能的。拜托了。我们就快速地看一眼。不会打扰你们的。如果你们的话怕人听见，那我们就把耳朵堵上。”

“可是……”

“啊，可以、可以。让他们看吧。请吧。真是抱歉，让你们特意跑一趟。”

只见一个身材高大，驼背的男子站了起来。他上身穿着红色皮夹克，下身穿着古董级的牛仔裤，戴着太阳镜，眼镜腿上还带有装饰。在一共四个人的目光的注视下，我看见了南美的大海和热带雨林。或许是太阳的角度不同，无论是色彩还是轮廓，都非常鲜明，好像是用颜料涂在照片上似的。“哎呀，能看到展览真是太好了，我感动得都快哭了，真是太感谢了。”离开展厅时，亮平说道。

转过看起来租金百万的公寓的一角，我挽起了亮平的胳膊。

“你不是说不感兴趣吗？”

“你不是很想看吗？”

那还客气啥？感觉亮平想这样说。他回头看了一眼画廊的方向。已经看不见那栋大楼了。

“嗯。”

我抬头看着亮平说道：

“谢谢。”

“那给我一百日元。”

亮平伸出了右手，我拍了一下他的手笑了。亮平没有笑。

“跟东京的人，提一下京都，一般都好用。”

“一乘寺是哪里冒出来的？”

“我真的住过。半年左右。”

一辆很宽的银色汽车，从狭窄的马路中间奔驰而来，我们躲在花坛边上避开了它。

“谢谢。”

我又说了一遍，拉起了亮平的手。然后心想，我也要开一个摄影展，即使不是在那种高级的画廊也无所谓。面前出现了一座白色铁架子建筑，窗玻璃闪着淡蓝色的光芒。从开着的门里，可以看见一直向上持续的楼梯。

夜幕降临了。

明天开业的三层楼的店面，还残留着涂料的味道。黑色的透明玻璃门异常沉重，推开门的瞬间，管弦乐器舒缓的乐曲迎面飘来。一楼摆满了各式服装，手脚修长，脸很小的男男女女，拿着装有气泡酒的杯子；穿着左右非对称式的服装的女孩们舞动着身体。上了中二楼，我才注意到小提琴是真人在演奏。白天看到的模特莱切尔正坐在豹纹的沙发上，眺望着长发及腰的男小提琴演奏家。她周围的女孩也都是面孔熟悉的模特。

"来了，你们也太慢了吧。再不吃就没了。"

哈希穿着刚买来的灰色运动衫说道。然后她把放在桌子上展示的干燥的猪大腿肉切成片，帮我放在了长满霉菌的奶酪上面。三楼高高的天花板上吊着水晶灯，漆黑的墙壁上，挂着镶嵌着大量水晶的礼服、带有长毛围脖的大衣等，还有蛇皮图案的深绿色皮包。看起来比一楼要贵。高大的玻璃门敞开着，外面的木制阳台上的桌子周围也有人。这里地势很高，视野开阔，青山方向的尖顶大楼、高层宾馆等闪着亮光，在夜幕中显得更加高大。

“好想多挣点钱啊！”

亮平小声嘟囔后，在狭长的三楼转了一圈，然后在室内装潢的样板房里必有的那种有名的椅子上坐了下来，逐个看着吧台里的红酒标签，接着他绕到一个名字特长的名牌音响前来回看，正要按按钮的时候，被店员制止了。随后，他又跟身旁金发的外国情侣搭腔，听说他们是比利时人，就连忙说道：“是安特卫普（译注：比利时第二大城市）吗？我就说品位不一样嘛。”每次翻起挂着的衣服牌都感叹“好贵”，总之是一一盯着别人看。

设计师等与服饰相关的人以及模特们都喜欢“有机”这个词，因此哈希上班的这家店，特别提供或是被逼着提供聚餐。我只参加过在某人家里，大家都带点东西去参加的聚会，所以我甚至怀疑，这个世界上真的有“派对”这个东西吗？但是在这个城市里，每天到处都在开派对。房间的正中央，放着一个玻璃柜，里面的小饰品总价值达到三十五万日元，在这金光闪闪的玻璃柜的上面，放着一个装有生火腿和奶酪，我拿了点吃了。“艺术总监”“珠宝设计师”“代表取缔役”等，在我面前交换着名片。在这些人对面，一个杂志封面模特，正在看着带有孔雀羽毛图案的连衣裙，这个杂志是从来没有想象过人生会没钱的三十几岁的女性爱看的。她盯着看了很长时间，感觉是真的想买，我不觉地喜欢上了这个模特。

在中二楼，一位女孩在小提琴的伴奏下，唱起了歌。我从楼梯井往下看，头上装饰着羽毛的女孩用百灵鸟般的声音唱着："你不在我快要死了。"

无论生火腿、奶酪还是蔬菜叶我都吃过了，因此我从包里取出相机，开始拍哈希。天花板、墙壁和地板都泛着黑光，哈希给每一个鸡尾酒杯子里放了一颗橄榄，她的皮肤看起来比往常都要白，好像玻璃柜里装饰着的，不能触碰的商品一样的质感。我按下快门。哈希察觉到了，朝我笑了笑，我再次按下快门。

"摄影师？"

一位眼角笑纹明显的男子站在我面前。我觉得他是造型师，又或许不是。

"不，只是玩玩。"

我拿着一个极其普通的胶卷相机，那个人很稀奇地看着。这个相机上市还不到十年，是昨天朋友给我的。

"可以拍您吗？"

"请便。"

我闭上左眼，用右眼看着取景框，那个人稍微变远了，他的脸像狮子在怒吼，平时他的脸也大概是这样吧。

玛雅不停地分开倒着红色和粉色的酒。她告诉我说，阳台上那个穿着淡蓝色衬衫的男子是老板，也是著名设计师的儿子，他是褒义上的有钱人，是个诚实的好青年。

“我觉得配哈希正好。”

哈希穿着熟悉的运动衫，背对着我们，她一直往鸡尾酒杯上装饰水果。马上到甜点的时间了。

“不行吧。我觉得哈希喜欢说话更幽默，即使在无人岛上也无所谓的那种人。”

“可是，我之前见过她前男友的照片，感觉氛围很像。”

“是吗？”

我没有见过那张照片。但是，我仍然认为是玛雅搞错了。

“那个穿淡蓝色衬衫的人，听说在巴黎、夏威夷和冲绳都有房，那样的话，哈希也可以开店了。”

玛雅觉得自己的想法很不错，告诉哈希后，哈希只说了一句：

“不可能。”

后来才证明淡蓝色衬衫是有钱的公子哥这件事，是玛雅闹的乌龙。

“给我来杯红酒。”

听到亮平的声音，我回过头。亮平的旁边站着一位大眼睛的女孩。

“这是莱切尔小姐。”

“晚上好。”

您记得白天我们见过吗？亮平递给莱切尔的杯子明亮剔透，好像只有红色的液体变成圆块浮在空中。亮平又递出了哈希特制的乳脂松糕的杯子。

“这个也很好吃。”

莱切尔的嘴唇闪着粉色唇膏的光泽。

“谢谢，啊，那个好可爱，你哪里买的。”

莱切尔摸着我手腕上的星形铆钉手镯。她摸我了！我非常感动。本应该在照片里的莱切尔有反应了，而且这个反应是针对我。

“很久以前，在大阪的、朋友打工的店里买的。本来是一千五百日元，给我便宜了两百日元。”

“欸？真的吗？看起来比这贵多了。大阪真是个了不起的地方。啊，我朋友来了。”

莱切尔轻轻地挥了挥手，她的手指娇嫩细长，完全不敢想象她跟我是同一种生物。

“能跟她说上话，你很高兴吧。给我一千块。”

亮平伸出跟莱切尔挥手的右手，我的右手握住了他的手。

“生日礼物给你买个贵点的。”

“欸，我喜欢现金，啊，哈希，你把那脆脆的东西，先放着。”

还没有听到哈希回答的“欸”，亮平这次去了阳台。玛雅摆放红酒的时候，肯定偷喝了，她软软地说道：

“亮平真心不错啊！我原本就觉得朝子适合找那种人。”

“那种人是哪种？”

“各个方面都很均衡，让人心情愉悦，怎么说呢？总之，跟他在一起很轻松吧。朝子不是行动派，在不该想的时候，偏要思前想后，亮平了解这一点，感觉他会帮你打开通往世界的大门，一定会的，大概吧。”

在她说到“打开通往世界的大门”时我就忍不住笑了。这还真是玛雅的说话风格。

天花板上有个将球形灯泡连起来的照明器具。灯下面有很多人。大家都在吃吃喝喝，大部分人都是站着的。我没有举起相机，而是在脑海里想象着，眼前的画面成为照片时的样子。用相机拍的话，只能拍到视野中心的一部分，但我想把所有能看到的东西都拍下来。拍成照片，时间就没有先后之分，只有当时那一瞬间。要是能把这些印到一张纸上就好了。我只是想将当时在场的，每一个聚集在那里的事物所构成的画面保存下来。把它们作为光和色彩据为己有。被天花板上的灯光裹上金边的人们、酒杯、衣服等，所有这一切，如果能像白天看过的照片那样，无论大海还是天空都在同一个表面上就好了。

在人群中，我看见了亮平的脸。我放下心来。他就是能让我产生这种心情的人。

即使我现在看见麦，也一定会觉得他长得像亮平。就像没有见过麦的玛雅和哈希，如果第一次见到麦，一定会这么想一样。

阳台被晚风吹得有点冷。吃完蔬菜叶的亮平，拿过我手中的桑格利亚（译注：一种西班牙汽酒）喝掉了。

“玩得高兴吗？”

我问道。

“一般般吧。”

亮平说道。我突然想还是办摄影展吧。

莱切尔领着“朋友”去了阳台。在那些似曾相识的男女模特们的最后面，有一个昨天看见过的人。昨天晚上，在电视连续剧里，他演一个收受贿赂优先给议员的儿子看病的医生。虽然我想跟他说，那个医生也不是个坏人，但是我没有说出口。他们用他们那特有的大眼睛和大嘴巴嬉笑着，并用小型照相机互相拍照。闪光灯刺到了我的眼睛。虽然他们就在我的面前，但是我觉得跟他们站的不是一个地方。

“好像旅游景点。”

我说道。

“为什么？”

亮平嘴里塞满了水粉色的马卡龙。

“到了旅游景点，会觉得电视和照片上看的东西真的存在。虽然比想象的小，但还是拍照留念。就是那种感觉。”

“巴塞罗那的圣家族大教堂可是很大的哦。一辈子我都忘不了。”

我呆呆地望着嘻嘻哈哈的模特们。我发现右侧窗外，可以看见六本木大楼和东京塔。阴沉的夜空被灯光染成了橙色。

我看见有一个人在夜晚的小路上，领着三条黑色的导盲犬散步。

十二月份了。

醒来时，天已经放亮了。

亮平躺在我旁边，所以今天是星期天。他周末一直在我这里。从七月份开始就这样。我的床靠近窗户，亮平还在躺着睡觉。T恤衫的肩膀部位，被透过窗帘的白光镶上了亮边。亮平体温高，即使不加盖毛毯，都觉得热。我用右脚碰了碰亮平的右脚。感觉皮肤很湿润。能听见鸟叫声，说明已经是早晨了，我从被窝里钻了出来。感觉有点冷，又披上了卫衣。我喝光了塑料瓶里剩下的水，怕亮平说我，赶紧老老实实地把瓶子的盖子和标签，扔到亮平买来的分类用的垃圾箱里。回到房间后，可能是眼睛适应了，感觉亮多了。

我靠着床边，坐在了一如既往狭窄的地板上。桌子上堆着打印出来的照片。原本是堆好的，后来倒了。

我抽出一张照片。这是一个月前的照片。里面是我和亮平。我们是用自动拍摄功能拍的，等了半天快门都不下来，正要过去看看时，快门下来了，所以我稍微有点花。亮平照得很清楚。右下方排列着橙色的日期。写着2010.01.01。我把朋友给的照相机直接拿来就用，结果日期就变成这样了。看起来既有未来的照片的感觉，又有老照片的感觉。多年以后，陌生人看到这个照片，也会搞不清是什么年代，它是否也会跟过去的其他照片一起，不分新旧呢？我想问问亮平，但他还在睡觉。拿去打印我才发现，2010 年的照片有三卷。感觉很有意思，于是决定把它们收集在一本相册里。我听见了狗的脚步声。有人这么早就散步。手脚变凉了，于是我爬上床，钻进了被窝。我把冰冷的手伸进了亮平的 T 恤里。

“好凉。”

亮平说道。

外面传来了轻便摩托车的发动机声。这个时间送报纸可有点晚。屋顶上传来了乌鸦的踩踏声和啼鸣。

到二〇〇七年四月份了。

因为是周日，所以睡到了中午。从昨天夜里就在我房间的亮平，完全不看我一直开着的电视，他躺在地板上，专注地看着送错的报纸里夹着的广告。

“喂，你看。”

我正在搬运洗过的衣服，他抽出其中一张，摇晃着要给我看。是宠物的广告。双面彩色印刷。正面是各种猫和狗，背面是蜥蜴、乌龟、刺猬和草原鼠犬，上面写满了它们的标价。

“你看那下面。”

亮平躺在那里，用手指着，广告的右下方并排着松鼠猴和日本猿猴的照片，还有印刷的广告词——像人一样，很有趣哦！

“不可爱吗？很可爱吧。”

亮平笑了，接着又开始看优衣库的广告。

出了阳台，外面有风。对面人家的屋顶上有乌鸦，我尽量不和它对视。亮平突然站了起来。

“我去买饭团。”

“我也去。”

“那衣服就要皱了。”

亮平已经把钱包塞进了身上披的卫衣口袋里。

“我给你买点什么吧。只限一个。”

“……乌龙茶。”

“太普通了吧。”

亮平拖着灰色的平底鞋，我从即将关上的门缝里看见了他的背影。

“把电视关了吧。”

“路上小心。”

我从筐里取出手巾，正要展开，发现天空中布满了乌云。起床的时候，天还是好好的，所以我才洗了衣服。但是天已经阴了，好像会越来越阴，我感到不安。

我听见了钢琴声。不知道是哪家的。似乎是用一个手指弹的，还不熟练，只是反复重复乐曲的同一个部分。附近人家的屋顶上有只白猫。这只猫很胖，我还是第一次见到它。它在褐色的屋顶上笔直地走着，钻进了二楼和屋顶之间的黑色四方形中。看起来像黑色四方形的地方，是一个洞。一楼和二楼的缝隙里，有猫能待的地方吗？那是一个棕褐色的木制老宅，里面停着一辆写有上门看护公司的名字。偶尔有衣服晾在外面，却从来没有看见这家人。钢琴稍微往下弹了点。这是首绝对熟悉的曲子，但是刚要想起来，又回到了原点。我随便地把衣服晾上。在此期间和关纱窗期间，钢琴声一直不断。

我仰望天空。云彩的下面变成了灰色，正在非常迅速地移动着，或许快要下雨了。

我一口喝光了放在桌子上的杯子里的茶。感觉有事情要发生了。我了解这种感觉。怎么办。

我捡起丢在地板上的手机，给亮平打电话。希望他能早点接。响了五声后，转到录音电话。我看向外面。再次给亮平打电话。听到第五声铃响，我再也无法忍受心中涌起的焦虑，丢掉了电话。与此同时，背后响起了电话的铃声。我回过头去，电视里又响起电话铃声。电视上播放着某人的房间。一位不知名的女孩拿起了电话。然而，我丢掉的电话，滑到床底，沉默了。

电视上的画面换了。这次是河边小路。水泥防护堤上围着长长的栅栏。这个地方我好像在哪里见过。女孩背对着观众，她的对面有一个长发男子，靠着河边栅栏站立着。

“你在干什么？”

长发男子说道。隐隐传来河流淙淙流水声。我只盯着长发男子的脸看。垂肩的长发、杂乱的胡须、瘦削的脸颊。

我立即认出来了。

是麦。

我回头看向门口。门是关着的，没有一点动静。亮平究竟走哪条路了呢？我还不知道附近有河。绿荫大道什么时候又变回大河了呢？

我看向电视。视线稍微离开了一会儿工夫，那里就变成了别的房间。跟我现在的房间很相似，是公寓。麦靠墙坐着，跟眼镜男和面容熟悉的女子交谈着。麦从画面里面看向这里。我又担心地回过头看向玄关的大门。没有人进来。然后我慢慢地将整个身体转向电视。麦，已经不见了。

演播厅里坐了许多只因为年轻可爱这个单纯的理由就上了电视的女孩，女主播有点过早地穿上了无袖衬衫，站在那里微笑着说，这个电影周六上映，好期待啊！

突然响起了欢快的音乐。是我的手机。画面上显示着“亮平”这两个汉字。

九月份了。今天是周六。

台风过后，天气变得闷热无比。

我来到新宿，在高岛屋的四楼看衣服。冬装已经上市，编有小鹿图案的针织衫和带有星星形状的黑色大衣，真是可爱死了。要是试穿的话，就会忍不住想买，所以我连在镜子前面比量都没有比量过。虽然看了会想买，但是不看的话，就没有关系。在二楼看靴子时，我下定决心，今年一定要买一双新的。我从东急 HANDS 的出口来到了外面。天桥横跨多条铁路，上面被阳光烤得非常炙热。

一条小狗朝我叫着。声音很高。

"哎呀，对不起哦。"

牵着小狗的男女，二个人都身穿一身黑。

"我也被它搞得很为难。"

女子说道。大太阳镜下的脸微笑着。

"没关系。"

"不能对动物大意了哦。"

他们就这样走过去了。小狗又对着别人叫了。它脖子上的绳子被紧紧地拉住，前脚腾空，感觉很痛苦，男子回头望向天空，似乎很刺眼。

在星巴克买了杯星冰乐，我又回到天桥的方向，在花坛边上坐下，眺望着来来往往的人群。一个穿着漂亮的紫色垂褶连衣裙的女孩，好像在炫耀白色的笔直的大腿一样，脚蹬一双带有蝴蝶结的楔形鞋，从楼梯上下来。仔细卷过的头发，走一步摇一下。我从来没有打扮成这样，或许已经没有可能了。一群中国游客与她擦肩走过楼梯，人人手里都提着纸口袋，活力十足。

正上方能看见一个非常高大建筑物的上部，它为什么不倒下来呢？感觉很不可思议。

我打开手机，读了亮平来的邮件。按下了回信键。

"阿朝。"

听到声音，我抬起了头。

刚才那个紫色连衣裙的女子站在我面前。她用那双画着粗眼线、戴着假睫毛的大眼睛，望着我。

"哇啊——，好久不见。吓了我一跳。不过，我们约的是今天吗？不是明天吗？"

这声音我好像知道。我紧紧地盯着她那褐色的发卷、深粉色的唇彩和醒目的黑色大眼睛。我的确是在新宿约人见面。但是，是明天。

虽然只有短短的几秒钟，但是这份沉默让人感觉过了很长时间，她笑了。

"阿朝，你的脸都僵了。是我呀。我自己已经看惯了，你这反应也太直接了吧。"

"春代。"

我的声音说道，但是，我整体上还没有理解眼前这个女子就是春代。只是声音和说话方式，让我认定是春代。

“我刚跟别人见过面回来，阿朝你呢？偶遇吗？是不是我们心有灵犀呀！”

她像一只欢快的小动物，动作亲切地一屁股坐在我的旁边。我顺着她侧脸的轮廓看了一圈。每次她眨眼的时候，大眼睛上的睫毛都上下忽闪着。

“啊，是这样啊。”

我试着装傻道。

“我瘦了吧，我可是瘦了 15 公斤哦。”

“真的？”

我也不知道自己在附和着什么。我强行挤笑，惹得春代哈哈大笑起来。

“你不要那么小心翼翼的啦，我很开放的。大家都知道我整容了。你好吗？阿朝。”

春代侧着上半身窥视着我的脸。她的头发从肩膀滑落下来。跟我搬到东京几乎是同一时期，在老家照顾奶奶的春代的妈妈病了，于是春代回到了三重县，后来跟在中学同学聚会上重逢的同学结婚了。因为丈夫的工作调动，她去了两年首尔，后来她丈夫又调到横滨，所以她上周发邮件说要见个面。

“嗯，我很好。”

认可是春代后，再看她时，的确是春代。无论是从面部平衡也好，各个部位的位置也好。我渐渐想起了这种从整体上涌现出来的亲切感。

我们回到了高岛屋。刚才我看衣服那层楼，有一家咖啡厅。我点了份法国人做的点心和茶。送餐的也是法国人。从巨型落地窗中，可以清晰地看到对面像墙壁一样高耸的大楼，大楼窗户里面的东西似乎都能一一看清楚。

沙发、桌子和墙壁都是白色的。拿破仑蛋糕上的用饴糖做的小装饰，用银叉子一压就碎了。

“没关系，马上你就会看习惯的。”

春代说道。春代在首尔，没有朋友，整天无所事事，所以她就去了公寓里的健身房锻炼，结果一下子瘦了 5 公斤，以前不适合自己的衣服也可以穿了，感到很开心，于是也开始注重化妆了，结果又再次在意起小时候就感到自卑的单眼皮，每天对着镜子叹气，所以丈夫就对她说，既然那么在意，就去割个双眼皮吧。她觉得也是，就去做手术，只花了十分钟，就遇见了崭新的自己，感觉很快乐。丈夫大辅也很高兴她变可爱了。“今天我还戴了可以让黑眼球看起来更大的美瞳，怎么样？”她问道。

放在春代面前的，撒有开心果果酱的柠檬蛋挞，在说话的时候，一点一点有条不紊地消失在春代的身体里。

“也不是变得完全认不出，不过，氛围是变了。”

我一边确认自己说的话从耳朵听起来的印象，一边说道。

“我一直在想，只要这眼皮不一样就好了。你想啊，长着一双单眼皮，还胖乎乎的，就会被人说是稳重、暖心、治愈系什么的，真让人生气。”

春代用叉子在空盘子里画着圆圈。这个盘子跟点心比有点过大。

旁边坐着一对情侣，女的把包着书皮的文库本放在桌子上，说道：“一点也没意思，真不知道这本书哪里好了。”男的拿起书，快速地翻了一遍。

“跟我交往的人也说，春代有一种妈妈的感觉，还跟我撒娇。真是糟糕透顶！”

窗外乌鸦斜着飞走了。鸟儿到底能飞多高呢？住在尖塔大楼的最顶层的话，阳台上应该不会有鸟儿来吧。

“你跟你老公，为什么结的婚？”

“因为他会一直听到我把想说的话讲完为止。”

春代的结婚仪式只叫了亲戚和当地的朋友，她将穿和服的照片发到了我的手机里。大辅体格强壮，很适合穿日式和服。

“还有他说工作调动很多。那就可以到各种地方去住了。横滨的人可真多啊！”

春代还说了离家最近的车站、家里的房间格局和大辅的工作等。

邻座的情侣站起身走了，书还放在桌子上。不知道是忘了呢，还是不要了呢？好想翻翻看是什么书，店员把它跟餐具一起拿走了。

“话说，那是麦吧。你在看电视吧。看到了吧。”

春代声音很大，连周围也不看一眼，就说出了这么重大的事情，吓了我一大跳。她继续用同样的音量说道：

“真是令人震惊啊！麦，什么时候成演员了？”

“啊，是啊，真的……”

“也是，你们从那以后就再也没联系过吗？冈崎也完全不知情吗？”

“……大概是吧。”

“我在网上查了一下他的资料，写的是北海道出身，我还以为不是一个人，但是名字和脸都一样，应该还是麦吧。麦真是个神秘的人物。”

从七月开始，“鸟居麦”出演了周六晚上十一点的电视剧。五月份冈崎来电话了，大家都心知肚明，却要避开要点，反复聊着同样的话题，我先提到麦，他才说道，啊，对对，真令人吃惊啊！冈崎还是跟以前一样，刻意不想让我伤心，还说我似乎很有精气神，太好了。

他也很有精气神，太好了。我已经有三年没见到冈崎了。阿信跟面包店的女儿再婚，离开家当了面包店老板。因此冈崎时隔七年与荣子同住，现在一边在市政府上班，一边搞雷鬼乐队，麦的房间又变成了乐器仓库。

“要是人气高了，演个主角什么的，我们也可以炫耀炫耀啦。”

春代被黑色包围的瞳孔闪闪发光。

“春代，我现在……”

“啊，你有男朋友了呀。太好了。什么样的人？下次让我见见吧。阿朝是颜控，你不会被东京的坏小子给勾引去了吧。”

我在脑海里思考着不让春代见亮平的借口，但每一个都因为不自然这个理由，而被我立即否决掉了。幸亏亮平不看电视，对艺人也不感兴趣，所以好像不知道麦的事情。东京的朋友都不知道那时候的麦的事情，三十岁的“鸟居麦”和亮平氛围不一样，所以不会露馅。春代指甲涂成着了酒红和粉色的圆点，她用指尖将只剩下冰块的杯子上的水珠连在一起。我说道：

“是……大阪人。”

“大阪？好不容易来到东京，应该各种人都看看呀。用国际视野？”

“嗯，我也这么想过。”

此时，我突然注意到，坐着我面前的春代，不是山下春代，而是三上春代。（译注：日本女子结婚后，大多随夫姓。所以婚后的春代是三上春代。）

在西新宿的正中央，还要建一个超高层大楼。是何人，以何等的意志，才能建成这么大的东西呢？

来到高岛屋，就要去 SALON LE CHIC。古驰、普拉达、杜嘉班纳、玛尼、赛琳应有尽有。虽然很遗憾没有迪奥，但我想要一双Jimmy Choo（周仰杰）的鞋子。还有二楼的香奈儿。香奈儿的米黄色的、只有鞋尖是黑色的靴子不错。今年的卡尔·拉格斐也很漂亮。

回去时，我直接去了玛雅家。从走廊看见了夕阳。

“你买了点什么？”

厨房里的玛雅问道。

“开衫和袜子。”

我打开优衣库的纸袋，把里面的东西展示给她看。我没有买过大牌的东西。因为感觉买过一次后，就停不下来了。而且我也买不起。那是别人买的，不是我这种人买的。玛雅停住了切咖喱调料的手，转过头来说道：

“那个颜色很漂亮啊。”

坐着电脑前的刚士也看向这里。

“朝子好像总是拿着纸袋。花一千两千块可能不觉得怎么样，加起来就不得了啦。”

嗯，这种买法确实很恐怖。

刚士的声音听起来像儿童节目里的神仙。头上的短发像刷子一样竖起，眼睛大又圆。比起神仙，更像门神。玛雅将调料放进锅里，屋里顿时飘起了咖喱的香味。

“刚士也不要再买那些打折的东西了。马上你就不是孩子，而是孩子的爸爸了。下个月都四十岁了。”

“我可以告诉他日本的技术很了不起。发现、制作、日本。”

“像一个不可救药的议员。”

我说完，玛雅和刚士都笑了。刚士来电话了，他开始接电话。好像是大学时代的自行车部的朋友邀请他参加婚礼。玛雅和刚士去年秋天，在玛雅开始骑自行车的交流群里认识的，婚宴在月末，哈希是主持人，玛雅预计十二月份生小孩。怀孕后虽然不能骑自行车，但是关系不和的半藏和玛雅的妈妈，趁着这个机会也和解了，据说玛雅的妈妈要过来帮忙。真是一件可喜可贺的事情。刚士原本就身材高大，再加上从自行车部引退后，又胖了二十公斤，所以坐在电脑前的圆椅上，屁股超出椅子好一大块。真担心椅子腿会不会断了。

门铃响了。我打开了门。哈希抱着纸箱站在门外。最近她穿的是，T 恤加运动裤的组合。脖子上缠着手巾。头发的量比以前还要多。

“嗨。好热。这要热到什么时候啊。虽然跟大阪比还不算什么。”

箱子里装了大量的紫红色葡萄和淡黄色的梨，个头好大。

有一个做包的人，来哈希打工的有机咖啡厅来吃有机蔬菜，哈希与他认识后，就去参观那个人的作坊，结果深受感动，于是辞了咖啡厅的工作，改做皮包店的店员了。她经常跑来跟开始做网站的刚士商量事情。哈希从夏天开始与住在这个公寓二楼的两室一厅的，在家具店上班的佐纪住在一起。哈希原本的六个榻榻米大小的房间，摆满了刚士收集的恐龙、鸟和美国电影里出现的一半像人的什么东西的模型。

“还是三楼凉快点。”

哈希在敞开的阳台的窗户前，扑通一声坐下，伸出了赤裸的双脚。植物图案的样式奇特的窗帘，被晚风吹拂得飘舞起来。我觉得这个房间真好。

经过许可后，我打开了电视。38 英寸的画面上，播放着麦的镜头和“今晚十一点开始”的字样。是电视预告。麦的头发又长了。他穿着白色长袖衬衫，在海边和一个穿着短裤的女孩聊着天。从他那笔直的眉毛下方到眼睑之间，零零星星长着几根眉毛。我曾在近距离看过这个人。突然感觉眼泪要流出来了，我吃了一惊。这些加起来也就是两秒钟的事情。我赶紧换了一个台。变成了天气预报。我回头看了一眼，玛雅在切牛油果。哈希在摆弄手机。刚士在看电视。

“说是明天下雨哦。”

我说道。“欸——”我听到了玛雅的声音。心里的悸动还在持续。原来动摇和心动是很相似的东西。

猜谜节目开始的同时，我们四人围着桌子开始吃饭。这个节目是到世界各地去，将当地的风俗和文化作为谜语，让大家猜，看谁赢的人偶多，今晚是两个小时的特辑。随着音乐声的响起，镜头里依次出现了金字塔、沙漠和探秘猎人的脸。

“刚士，去过埃及哦。是二十年前吗？”

正在啃咖喱里的鸡翅膀的刚士，从眼镜后面看了一眼电视。哈希往自己的杯子里倒罐装啤酒。

“还是骑自行车吗？”

“不是不是，就是普通的跟团游。”

“埃及热吗？”

“当时是冬天，不怎么热。一起去的家伙在路上摔倒了，大脚趾的指甲掉了，血唰的一下流了出来，吓了我一跳。”

血唰的一下。刚士说话时，必定会用两手比画着各种姿势，很有趣。

“当时，在一旁一直盯着看的女孩，是个超级大美女。褐色的美女，我觉得埃及艳后就长着这样的脸。”

“埃及艳后不是希腊人吗？”

哈希说道。啤酒的泡沫消失了。

“虽然我知道，但我就是觉得那是埃及艳后。看见她的时候，我就灵光一闪。不知道为什么，我就是这样想。我觉得这才是正确的。”

“啊，那么，你第一次看见玛雅时，知道你们要结婚了吗？”

“那可没有。”

“嗯，没有。”

玛雅几乎同时答道。刚士吃惊地望着玛雅。

“是这样的吗？”

“怎么了？你自己不也是一样吗？”

“不，因为我听说女人知道……”

“知道的话，就不必吃苦了。”

哈希插嘴道。玛雅拍了拍她的肩膀。

“只是因为我们还没有遇到，你不要这副表情。”

刚士最先吃完咖喱，又盛了一碗。

亮平来了。他看了看玛雅的肚子。

“噢噢，肚子变大了啊！你跟他说过话吗？”

“只是偶尔。”

刚士羞得脸都红了，越来越像门神了。或许是啤酒喝多了的缘故。

我给亮平盛了咖喱，放在桌子上。看电视去了。从童星长大的双胞胎姐妹，跟节目的吉祥物穿着同样的探险服，出现在雾气蒙蒙的左上角的画面上。CG 的背景越来越清晰，变成了金字塔的内部。

“我们、来介绍、三千年前的、埃及”。

穿的一模一样的双胞胎，齐声喊道。声音也一模一样。从右下方，解说员荒俣宏穿着沙子色的游猎服登场了。然后，他说道：

“话说你们是两个人？还是一个人？是哪一个呢？”

我很惊愕。这么重要的问题竟然在电视上提出来。荒俣宏果然是个可怕的人。这样的话，竟然从电视上传到全国的各家各户。

我狼狈地看了一下围在桌子周围的大家的脸。无论是玛雅、刚士、哈希还是亮平，都在吃咖喱和牛油果，一起讨论小孩的名字。没有人看电视，刚才那句话也没有人听见。是真的没有听见吗？还是因为事情重大，听见了也装作没听见呢？亮平背对着电视坐着，他很美味地喝干了啤酒，拽着红色 T 恤领口扇风。我用渗出汗的手，轻轻地拿起桌角的遥控器，若无其事地关了电视。

亮平停下送往嘴里的勺子，呆呆地望着我。

“真稀罕，竟然自己主动关电视。”

“因为大家都在吃饭。”

“你不是还发过火吗？说没有电视就不能安心吃饭。”

“欸？没想到。”

刚士睁大了镜片后面的眼睛。他的眼睑上几乎没有眼睫毛。

“我哪有生气，只是在说明而已。”

“寂寞的时候、苦闷的时候、只有电视跟我在一起，你不还哭了吗？”

“你别在那儿瞎编了！”

亮平的 T 恤前面画着一只猫，咖喱溅到了猫尾巴附近。哈希开始削梨。

刚士把第二碗咖喱也吃光了。

“我本来就不看电视，最近有网络，更是基本上都不看了。”

那么，把这个大电视给我吧！

手机的闹钟响了。玛雅上电视的时间到了。

“快录像、录像。大家都坐好。”

玛雅两手各拿一个遥控器。刚才看广告，麦在沙滩上准备聊天的电视剧，在另一个台开始的时间，是十一点。

“你是什么角色？”

刚士一边在地板上锻炼身体，一边问道。吃了那么多，还能立刻运动，真是不可思议。

“抢劫犯的……前女友什么的？”

“你为什么会不记得？”

亮平在沙发上一直不停按压着软软的抱枕。下次给他买一个。

“四月份拍的，现在才播。今后不能演电视了，这可是很珍贵的哦。我还有台词呢。”

四月份我在干什么呢？我没能马上想起来。确认预约好了后，玛雅还握着两个遥控器，满地溜达。哈希在另一个沙发上，很少见地一直摆弄着手机。电视剧开始了。38英寸的四方形世界，是一个小山村，蜿蜒的河流上架着一座水泥桥。男子忘记不了离家出走的妻子，在自家的煎饼铺烤着煎饼。心灵受创的女高中生养了只兔子。天气晴好。

四五岁的时候，自从有人告诉我，影像就是每秒十八格或二十四格画面匀速转动后形成的余像时，我就想象着，电视机里面，有很多个台，每一个台里都放着一个像电影胶片一样的东西。每次换台时都要把像保鲜膜一样的卷筒换掉。一天结束过，再换上第二天的。不知半夜睡觉的时候，是谁来替换呢？一根卷筒多少钱呢？越想越不安。现在，在玛雅的画面的后面，别的台在播放的内容也在里面，所以我觉得麦也在这间屋子的38英寸的电视里。打开电视的这段时间，麦就在里面散步、聊天或许还坐车呢。

玛雅的台词是“是啊”“再见”。河岸上的樱花开得正艳。

“开的是真花，掉下来的是假花哦。”

玛雅得意地说道。她怀孕后胖了十公斤，跟电视里的玛雅相比，脸颊到脖子的曲线变得更圆了。

我看着坐在沙发旁边的亮平。跟往常一样，他一喝酒眼睛周围就会红。血管凸起的手臂和手背，就在我的手臂附近。亮平像亮平一样说话、活动、坐下。我用左手从亮平的手背摸到手肘。夏天跟同事去户外演唱会时晒黑的手臂，比我的温热多了。“亮平，”其实我是想叫出他的名字。

“怎么突然就黏糊上了。”

哈希一边伸手拿梨，一边调侃道。这个梨比平常的大两倍，水灵灵的。

“啊，真的耶。”

亮平看到放在自己胳膊上的我的手，故作大吃一惊。

“偶尔一下下也是可以的嘛。”

我握着亮平的手。一旁做深蹲的刚士盯着电视感叹道：

“玛雅是个美女啊！”

谁也没有想起亮平买来的，放在冰箱里的冰激凌。

咚咚咚，响起了敲铁门的声音。与此同时，门开了，半藏出现了。

“喂，喝酒了。快下来。”

“来了来了。”

刚士立刻站起来。玛雅阻止道：

“在这儿喝不就行了嘛。”

“啊？啊！”

半藏用眼睛确认了一下人数。然后，用一半带着叹气的口吻“啊啊”，脱下人字拖，进了屋。半藏很中意千杯不倒的刚士。刚士跟玛雅的母亲相处得也很融洽。真是一段佳话。

在桌子上开始喝烧酒的刚士、半藏和亮平，三十分钟后都坐到了地板上。哈希紧急做的下酒菜的盘子和酒杯都直接放在地板上，也没见得他们聊得多么热火朝天，总之大家都愉快地消费着透明的液体。

背对着我们，脸靠在沙发背上的哈希突然说道：

“今天，我跟一个男的分手了。”

过了五秒钟，玛雅嘟囔道：

“什么时候？”

“不是说了是今天嘛。”

“跟谁？话说什么时候开始交往的？”

“不能说。”

“为什么呀？”

哈希沉默着，将头埋在了两腿中间。我第一次看见这样的哈希。估计玛雅和其他人也是一样。半藏将杯中酒一饮而尽。

“你就别问了。哈希你也别哭丧着脸。年轻女孩要多笑笑。”

“我都三十一了。”

哈希从双膝中间嘀咕道。

“我都八十了。”

“来来，都别管了，先喝酒吧！”

亮平起身用右手拉起哈希的右手，把杯子放在她手里。从窗户吹来的风，让屋子里凉快了许多。东京的夜晚很安静。我心想。

回去的路上，又看到了像黄鼠狼一样的东西。

亮平说他忘记看电视了，有人告诉他电视剧里面有一个人长得跟他一模一样。

十月份了。

夜幕降临了。电视一直是开着的，我换了一个台，麦出现了。他在海边。我觉得他去过很多地方。海边有一个旧式平顶屋。麦和女孩并排坐在廊檐下。海上落日的余晖照着麦的侧脸，这个轮廓我一点也没有忘记。我边想边看。

女孩赤脚穿着凉鞋，她摇晃着双脚问道：

“你有喜欢过的人吧？”

麦没有回答。

接下来是拍了这部电影的导演的采访报道。他说，在中国拍照的时候，偶然遇到麦，于是就想到拍这部电影。他还笑着说，麦能当上演员是托他的福。我像是在听陌生人的故事。电视的右侧，贴着放大的照片。是在玛雅家，玛雅、刚士、哈希和亮平在吃咖喱的照片。亮平在最右边手里拿着勺子，勺子背面朝着镜头，他没有笑，只是用和麦十分相似的脸，呆呆地出现在那里。经常拍照的人，自己的照片却少得可怜，拍这张照片的时候，我也在玛雅家，只有我不在照片里。我将脸贴近照片，想找一下看看，亮平拿的勺子的银色表面，有没有照到拿着相机的我。但那里只是一块朦胧的银白色。

我看向电视。麦已经不见了。我没有关电视。我将睡眠时间调到120秒后，于是在电视的亮光中睡着了。

二〇〇八年到了。

二月份了。

雪堆得很厚，去补习学校要两个小时左右。我去四楼收拾教室。从窗户可以看见对面大楼的楼顶上，印度料理店的店员，正用手机互相在雪景前拍照。

雪在第二天融化了。

补习学校的接待处，在前来取入学资料的孩子们旁边，几个去看成绩回来的女孩子们，手拉着手在激动地尖叫着。比我早来五年，跟我年龄一样大的中野说，跟新入学的学生之间又差了一岁。那些尖叫的女孩，四月份的去向有了着落，她们兴奋地手拉着手转起了圆圈。

我乘上了都营地铁大江户线的最前面的车厢。司机那边窗户的卷帘没有放下，于是我贴在窗玻璃上，朝着车子前进的方向望去。狭窄的隧道，一会儿朝左，一会儿朝右，一会儿朝上，一会儿又朝下。我在电视上看过，我想起了那个，钻到其他线路下面挖隧道的 CG 画面。好像过山车。因为害怕，我一次也没有坐过过山车。

黑漆漆的隧道对面，有一束细长的亮光，原来是车站。夜色中有一个亮着灯的房间。随着靠近车站，司机旁边的显示器上出现了画面。是站台上的监控录像。好像两点透视法一样，中间折成两段的银色车辆出现在画面里。其实是画面被一分为二，右侧是朝着车辆的后方的摄像头，左侧是朝着车辆的前方的摄像头拍的，因此电车没有被折为两段。从中间车厢下车的人走在站台上，画面上同时出现两个人，一个朝着右侧的消失点越来越远，另一个人从左侧的最里面向这边走来，越来越大。看上去像分成了两个人，其实是一个人朝着一个方向走着。

我在六本木车站下了车，墙上有一个“地下 40 米”的标识。一条特别长的扶梯，中途写着“30 米”。一个扶梯结束后，还有一个扶梯。再往上走，出现了一台电梯。然后才是检票口。我喜欢用自动检票机扫 IC 卡的那个瞬间，每次都有点做了一件正确事情的感觉。又是扶梯。墙上出现了麦的脸。

麦站在举着轻薄型数码相机的女演员身后，头发变短了，微弯的卷发垂在肩膀上方。相反头发的面积增加了，掩盖了脸部轮廓。扶梯继续上行，我又看见了另一个同样姿势的麦。下扶梯后，右手边有一个稍长的扶梯，那边的墙上并排坐着三个麦。我在那家公司的网站上看过这个广告。麦只出现了两秒。去年十月他也上了这家公司的广告，那时我去网站看了广告。

我被看向这里的三个麦的视线包围着，我觉得这是我曾经想拍却没有拍到，我曾经在脑海里无数次按下快门，想象过的照片里的麦，时隔多年，现在出现在我面前。但是，这里面的麦最多是几个月前的麦，拍照的人不是我。我正想着麦这个瞬间在看向哪里呢，扶梯结束了。

又上了一个短扶梯，以为终于可以到“地上 0 米”了，最后是一段楼梯。

六本木新城森塔大厦，好高大。

在观景台的售票处，春代穿着白色大衣，从远处一眼就能看出来。

上观景台的电梯内看不见外面。

“真的好冷，绝对是东京冷。风太凉了。你不觉得天儿一冷，人就什么也不想干吗？说到天国和乐园，绝对没有人联想到寒冷吧？冷的时候，干什么都冷。我家现在是一楼，都能冻死个人。”

从外面看这个电梯一定很恐怖，它高速升向五十二楼，在此期间，春代不断地重复着“冷”这个词。关于去西麻布的服装公司的面试的事，她只说了句“我觉得不行”。跟她见面，总觉得有点不安。每次春代约我时，我总是找理由不去，因此这是我们自去年九月以来第一次见面。

被玻璃墙围起来的观景台，离地面又远又高，里面非常明亮。亮得仿佛外面的光全部聚集过来，这里面的东西都被照得发白，看不见了似的。抑或是从这里发出的光，照射着周围。

“什么也看不见呀。”

春代说道。用手遮住阳光，外面夕阳耀眼的光芒照射着略带霞光的薄云，远处白色的云霭中，高层大楼的影子看起来像幻影。

“好高。”

我说道。海拔 240 米，地上 213 米。从地下 40 米到 213 米，我一共上升了 253 米。

玻璃窗的对面是城市。因为离得远，所以看起来很小，静静的没有东西在动。真不敢相信那里竟然住着人。四周到处都是超高层的办公大楼、宾馆和公寓。多得令人担心。这个城市有很多人都飘在空中。无论从哪个角度都看不到山，连一个影子也看不到。所有的地平线都是混浊的白色，被无数个白色小建筑覆盖的地表，在亮光中扩散开去。没有尽头。所以，从这里望去，那个白色地平线的对面，一定也是跟这里的城市一样。即使再往前，一直往前，白色的建筑密密麻麻地一个挨着一个，没有山也没有海。整个世界，都跟这里一样，都是这里的延续。

但一定会有所不同。

“听说有免费拍照。”

听见春代的声音，我回过头。以正面的东京塔为背景，放着一个台子，上面有一个六本木新城森塔大厦的模型。模型有人那么高。人可以站在旁边拍照。

“但是，这个买照片时，要钱的。”

“什么？那不是诈骗吗？”

“去外国的观光景点不是有嘛。随便拍照，然后再让你买。”

拍照免费。只拍照，不打印，但的确是拍了。当时拍的照片，在相机里。过一段时间会删除。即使时间短暂，它也存在过。作为数码相机的记号，刻录下来的画像算是在哪里呢？我一边呆呆地想着，一边绕着圆形的观景台走着。

我想起曾经看过的一个五亿日元的公寓广告。不是一栋，是一套。在广尾。

春代的白色大衣一尘不染，令人佩服。看起来很暖和的样子。

五年前刚搬到东京时，还能到外面去的露台，可能是为了提高新开业的观景台的价值（多付300日元），露台被安上了窗户，铺上了地毯，成了像阳光房一样四周被玻璃包围的房间。里面有一个金发、大个子外国男子正用太空漫步的体势，慢慢地倒着走，一个黑头发、头发很长，但不是日本人的女子正用小型录像机拍摄着。男子走到尽头后，又转过身倒着走。他的手掌啪的一下展开了。里面写着字。我还没看清楚他就合上了。

以前在电视上看到一个节目，为了证明芒萨族人的视力好，同时领着两个芒萨族的人分别去东京塔和六本木新城的观景台，让其中一人挥手，另一个人看见他挥手，也挥手回应了。我连东京塔的最高处在哪里都看不见。

“阿朝，富士山在那边吗？”

走在前面的春代指着外面。

“大概吧。”

“一片白，什么也看不清呀！”

“感觉富士山不能说能不能看见，而应该说有没有。”

"今天没有。"

今天没有富士山。

"那是什么？什么东西着火了。"

身后的两个女孩，将额头贴在玻璃上叫喊着，我们也往外望去。蜿蜒曲折的首都高速对面的中高层大楼密集的地方，倾斜着腾起一股白色的烟雾。没有火焰，看不见事故地点。

"那下面，现在闹翻天了吧。"

"会热吗？"

"都被水淋湿了，应该很冷吧。"

下面的声音一点也听不到。温度和感触，什么都感受不到。

不是可惜这三百日元，而是对追加费用的方式不满意，我们在这个理由上达成一致，于是没有从顶楼出来。春代反复强调不是因为冷。

"请帮我们按一下快门。"

一个穿着淡粉色羽绒服的，中学生模样的女孩，将相机交给了我们。用塑料做的手动相机，非常轻巧。女孩抬起双手和一条腿，摆了一个芭蕾舞演员的造型。

"右手，再这样一点。"

春代手把手地纠正了她的姿势。

晚饭去哪家吃，纠结了半天，我们两个人还是觉得第一家好，但是六本木新城的构造太复杂，找不到那家店了，正准备进一家中国餐馆时，亮平来电话了。他也要来。楼梯上一对男女在对望。仔细一看，是在互相瞪着对方。大冷的天，真是不容易。最后女孩默默地下了楼梯。女孩穿的灰色毛领夹克，好像很暖和。

亮平没有迷路，一下子就找来了。我们坐在靠窗边的圆桌上。虽然桌子是圆的，但不会转，要是会转该多好啊！春代盯着坐在对面的亮平的脸，足足看了几秒钟。但是当绿色的啤酒瓶搬上来，干完杯后，就正常聊了起来。我假装专心吃着砂锅里的红烧肉和什锦饭，不时地对比着两个人的脸色。

亮平充分发挥了跟谁都能打成一片的天赋，立刻成了春代的就业咨询对象。

“你想做服装方面的工作？”

“嗯，不是我太讲究了。干自己喜欢的工作，才能长久地坚持下去呀。”

“没错。这是自己的希望，是精神寄托，这种东西必须要珍惜。”

“是啊，我再找找看看吧。”

春代开心地笑了。吃了口带有肉末的粉条。她笑起来有春代的样子。虽然是两边嘴角被横着拉开那种笑法，但是，这些在说话的时候，基本上我都忘了。

夜空下，玻璃大楼的曲线散发着淡绿色的幽光，东京塔的颜色如燃烧般温暖，在隔断大楼和东京塔的这扇玻璃窗上，春代、亮平和我的影子变成了半透明的状态，淡淡地重叠在一起。

心情大好的春代问道：

“亮平，你能吃辣的吗？可以点麻婆豆腐吗？因为阿朝不能吃。”

亮平大声叫来了店员，点了一份菜单里的照片上有的黑乎乎的麻婆豆腐。

“尽量多给点。”

亮平说完，好像是中国人的女店员模棱两可地笑了笑。亮平打开振动的手机，看了一眼邮件什么的。然后把手机放在桌子上，起身去了洗手间。

看着亮平的背影走出了写着中国式汉字的大门后，春代说道：

“也算是帅哥一枚呀。阿朝，你的颜控病还没改啊。”

春代肆无忌惮地笑了。眼角的睫毛忽闪忽闪着。

“是吗？哪有的事。”

“而且啊，总感觉还跟麦属于一个类型的。萝卜白菜各有所爱呀。”

“春代……”

我环视了一下桌面。我和春代的梅子酒、亮平的绿色啤酒瓶、红烧肉、皮蛋粥、麻辣粉丝、木耳。筷子并拢着放在桌子上。

“总感觉？”

“嗯，氛围上有点像。你不觉得吗？这个，好好吃哦。”

春代用勺子舀着放在我面前的皮蛋粥，吃了起来。

“不像吗？”

“不是说像了吗？”

“不是这个意思，是真的像，可以说是一模一样吧。”

关于以上的内容，我是第一次用语言表达出来，因此我很担心是否会陷入恐怖的事态中。春代手握汤勺，张着嘴，用怀疑的眼光一直盯着我，然后说道：

“不像啊。”

接着，她从柔软的包里取出手机，噼里啪啦按了一会儿键后，将画面朝向我。

“麦可是长这样的。”

竖长的长方形画面里，是我在地铁的扶梯墙壁上看到过的麦的脸。

“你为什么会有这个照片。”

“我们一个楼里，有两个大辅的同事，那两位太太也说是麦的粉丝，于是我就跟她们炫耀说我们是朋友。你看。”

春代切换了画面。在一个很宽阔的地方，麦转头笑着。头发很长。

“他长这个样子。如果按照脸的类型分类，并收录在图鉴里的话，他们两个的页数可能很近，但是，亮平眼睛很圆，鼻子很挺，后背也很直，怎么说呢？看起来很结实。”

“……真的？现在的麦感觉是有点不一样，但是，以前，在大阪的时候……”

“就是这个样子的呀，你跟以前的照片比比看。”

“麦的照片，我一张也没有。”

“是吗？阿朝，你没照过吗？话说回来，阿朝，你是因为跟前男友长得像，才跟他交往的吗？脸差不多的话，还是选性格好的，类似这种的？这可不行啊！”

“不是不是，不是的。是因为亮平周围的人说他们长得像，他感觉很烦。”

“欸？大家眼神是不是有问题啊？”

大家有问题？春代外表变了，看别人的眼光也变了吗？春代将胳膊肘放在桌子上，用筷子捅着吸了太多汤汁的粉丝。亮平放在桌子上的手机开始振动了。LED 灯发出淡蓝色的光，手机被振得在桌子上一点一点移动。春代看了屏幕说道：

“是女孩子哦。”

然后她拿起手机，朝向我。森本千花。汉字从右向左移动。最后消失了。

“啊，是亮平……公司的人。”

是在亮平公司楼下的服装店里上班的人，虽然我没有听说他们现在还联系。我省略了这些细节回答道。森本千花。千花。

“哦。你要小心了。可爱的女孩一靠过来，男人就招架不住了。”

“啊，是吗？”

此时我突然想到，告诉亮平，麦演的电视剧的人，可能就是千花。亮平只说是同事告诉他的。或许他也和我一样省略了一些东西。比如是在以前公司楼下的服装店里上班的人。春代叫来店员，要了梅子酒的续杯。店员虽然态度很好，动作却有点怠慢。想必是待会儿有约会，想早点回去。

亮平回来的同时，店里又进来了六个吵吵嚷嚷的客人。

坐在旁边的六个人，脖子上挂着员工证。年龄一定比我小。打着哈欠的女孩跟哈希有点像。她的腿在椅子下晃来晃去。

最近，看谁都觉得跟谁有点像。

亮平跟春代说，自己认识的服装公司如果要招人的话，会通知她。春代很高兴。而且她喝醉了。

“亮平是个很了不起的人。阿朝，有这么好的男朋友真是幸福啊！”

“我也这么认为。朝子，很幸运。要是给钱的话，一个小时至少要给五千日元。”

每个盘子的食物都被吃光了。抬头望去，嵌在天花板上的灯，刻有放射状的花纹，好像人的瞳仁。灯光从上方直接照到亮平身上，他看着我。我喜欢亮平的这张脸。喜欢像亮平的这张脸。

“嗯，的确如此。”

“你同意了，那这话不就接不下去了吗？”

亮平笑着说道。为了不让他失望，我说道：

“您说多少，我就付多少。”

接下来我们点了杏仁豆腐。春代望着巨大的窗玻璃。我也向外望去。玻璃上的我们有点透明。腰以下是阴影，与外面的夜色融合在一起。

“我们好像浮在空中一样。”

这个声音好像是从飘浮在玻璃对面的，半透明的春代发出的。杏仁豆腐很好吃。

春代的丈夫大辅来接她了。他刚刚下班，风衣下穿着西服，扣子都快被肚子崩掉了。春代一见面，就高兴地摸着他的肚子。因为我们是四个人，所以就打车到涩谷。司机中途接到电话，戴着耳机开始通话。好像是他家的狗快不行了。

“阿朝，你不是说要办摄影展吗？”

坐在后座中间缩着身子的春代问道。穿着连体袜的膝盖显得很细。

“是说过。”

旁边车道上的，一个接一个地超过我们的车灯。我想拍这种照片。但是，到刚才为止我忘记这一点了。

“今年吧。十月左右。”

“十月。”

亮平小声重复着。说十月份其实没什么根据。说出以后，感觉还很遥远。

“我会去看的。”

大辅说道。他真是个好人。

一周过去了。

因为是晌午了，所以我的房间里也很亮。

电话的另一头偶尔传来婴儿的哭声。玛雅说哈希要搬出去了。三天前她突然提起，然后就没回来过。哈希给我发的邮件上，只写着关于我预订的皮包的事情。玛雅的声音时而颤抖着，可能在哄孩子。

“前几天晚上，哈希来这儿喝酒，啊，我只喝了一口哟。和哈希一起住的佐纪不是说要搬到信州的家具工坊吗？因此哈希要一个人住那个屋了。即使是一个人，房租也跟以前一样，半藏也这么说过，所以我说你就继续住在这儿吧。但是，哈希说她也老大不小了，应该自立了。感觉好像在逞强，于是我就说，能让人帮的地方就让人帮帮嘛。留在这里有什么不好？总之，哈希坚持说这样不行。她一直这么说，最后喝醉了，就那样睡着了。我也没想太多，第二天她突然说行李都收拾好了，然后就再也没回来。我一定是说过什么了。一定说过什么惹她生气的话了。我被结婚、生孩子什么的冲昏了头，原本我这人就爱管闲事。她说下周就搬走，绝对有问题吧。哎呀，我是说过什么了。怎么办呀。”

我坐在房屋中间像小山一样的衣服堆上面，一直附和着玛雅说的话。

“我也想跟她好好聊聊，可是哈希不回来了，现在我哪也去不了。啊！”

孩子的哭声突然变大。我听见玛雅跟他说话。哭声最后变成了哼哼声。

两个小时过去了。

春代来电话了。我正在路上。春代不停地道歉说，不小心告诉了亮平，麦和我交往过。她还说，亮平说得像以前就知道似的，所以她以为说了也没有关系。我也察觉到亮平好像大体上知道点什么。我差点被自行车撞了，吓了一跳。没被撞，真是太好了。

合同工的身份到期了，我变成了临时工。在收拾辞职人员的桌子时，我发现名片夹的背面写着“穷相”“像鹰一样锐利的眼睛”“暖男”“哆啦A梦”等，看得我和同事哈哈大笑。桌子里的东西有两人份那么多。

三月份了。

我乘电车出门了。

细长的道路旁边是一大片墓地，天空广阔无垠。天气很好。暖和得有点太早了。

“我们事务所要关门了。”

亮平仰望天空说道。

“说是要和大阪事务所合并。”

“是吗？”

亮平把手插进红色的卫衣口袋里，比平时走得还要慢。天气晴朗，亮平和我的后背都感觉发热了。

“是大阪的哪里来着。”

“北堀江。”

亮平瞅了一眼手表。又把手放回口袋里。一只有斑马条纹的猫，在墓地的围墙上走着。我一直不知道亮平是怎么想我的。因为我没问过，所以理所当然不知道。我有点紧张，不知道自己能不能发出声，但是意外的是，说得很流畅。

“那里，变化很大啊。正月里回去的时候，那些店什么的，我全都不认识。”

“是啊。”

亮平走在我的前面，脖子很长。比我想象的还要长。两个小孩子坐在地上，不知在数着什么。

哈希还是跟往常一样，穿着运动衫和牛仔裤，在店门口往花盆里种新花。她剪了个娃娃头，头发乌黑笔直。她种的是玫瑰形的淡绿色多肉植物。“我想要这个。”亮平指着店门口用来装饰的椅子。

这家店是由旧式木屋改造而成，里面有一个高一级台阶的，铺有榻榻米的空间。墙上挂满了皮革柔软的挎包、白色帆布手提包，中间有一个低矮的桌子和沙发。哈希的前辈正在招呼一对情侣。“我要找一个颜色深邃的褐色旅行袋。”颜色不深邃的不行，不是单纯的棕褐色或者深棕色。必须是深邃的颜色。女孩用了三遍“深邃”。

天花板上的吊灯带着一个歪斜的灯罩，灯光偶尔摇曳着。

“从这里到那堵墙、然后那个东西的后面和柜台的后面都可以用哦。”

哈希领着我们在店内转了一圈。上周我决定，十月份我的照片将装饰在那里。

“要挑点符合这里氛围的照片才行啊。”

“什么都可以。放着试试看，说不定会合适。”

头发又黑又直的哈希，看起来像陌生人。但是，多看一会儿，就习惯了。除了名字、脸和外形以外，我靠什么识别人呢？亮平坐在门口那张心爱的椅子上看着马路。“喵”的一声，伸出了手，但是我没有看见猫。

哈希从自己喜欢的商店街里买来了炸肉饼，味道很好。时隔一个月，我才和亮平出来。我们已经两周没见过面了。这是自我们交往以来，时间最长的一次。

哈希的新家，在一家判断不出是营业还是保持着营业当初状态的手工作坊的二楼。窗户朝向狭窄的马路，对面公寓的阳台近在眼前，栏杆上晒着被子。

“这里一点也不隔音，房东太太对我的生活了如指掌。”

哈希摆好了水杯。三个杯子无论颜色还是形状都不一样。亮平从窗户的栏杆上探出身子，双手耷拉着，一直看着马路。六个榻榻米大小的房间里没有电视。圆喇叭里，播放着让人想跟着跳舞的音乐。

哈希吃掉半个我拿来的铜锣烧后说道：

“我们店今后要在川崎开分店，正在招店员。”

我瞟了一眼亮平。街灯白色的光线勾勒出他侧脸的轮廓。

“朝子，你觉得呢？虽然工资不算很高，但是，有一个店员可能要成为刚才在这儿的凉子的弟妹了，她跳肚皮舞，是个很有意思的女孩。”

肚皮舞。

“嗯。这样啊。”

我没有看哈希，直接吃了口铜锣烧。

“羽岛、羽岛。”

哈希没有去面向小路的窗户，而是打开了面向邻家墙壁的小窗户，伸出头去。

“别人给了我点卷心菜，你下来拿吧。”

“这就去。”

从窗户下方传来的声音，好像在哪里听过。不过，肯定是第一次听到，而且是不认识的人。哈希穿着木底凉鞋，下铁楼梯的时候咚咚直响。自从急急忙忙搬出来以后，哈希和玛雅就没有通过话。也不是玛雅干了什么，或者做错了什么，感觉说了也不能解决问题。这是一个月前哈希在电话里跟我说的。玛雅也认为现在不必非要通话。上周，我从别的朋友那里听说，哈希在布宜诺斯艾利斯有个交往了近十年的人，今年正月两人久别重逢。也不知道是不是真的。这件事对哈希的心境是否有影响，也不确定。哈希在这里的生活似乎也很快乐自在。但我有一种强烈的感觉：她是一个人住。

哈希和大家说话的声音，在狭窄的小巷里回荡。

“朝子。”

我回过头去，只见亮平坐在窗边看向这里。

“朝子，你为什么住在东京？”

我稍微考虑了几秒后答道：

“忘了。”

来惠美琳这里玩以后，感觉时间就这样一直持续下去。

“下个月我去大阪找房子。”

我望着亮平那熟识的脸庞。感觉“习惯”是很重要的事情。

对面人家的窗户突然打开了。

邮箱里有一张“海胆奇迹”展览会的邀请函。是权藤寄来的。上面写着千花这个月底要辞职。

一周过去了。

我在玛雅的房间里，现在已经是中午了。

“今天亮平不来吗？”

玛雅一只手抱着长子，一只手准备给我倒茶。我急忙从旁边抢过水壶。孩子的名字叫航太郎。刚生下来的时候，头发就很多，现在长得更长了。我在厨房里倒好茶，端到沙发前的茶几上。玛雅正翻开着流行杂志。标题是最心动的男人。第一页就是麦的照片。他穿着黑西服。我还是第一次看他穿西服。很适合他。令人叹服。

“这个人，跟亮平很像吧。我跟刚士说了，被他否定了。”

玛雅一边揉搓着航太郎的头发，一边说道。

“玛雅。”

我站在茶几前，看着玛雅的脸。她没有化妆，眉毛也没几根。头发齐肩，刘海用发带束上去。我突然想要跟她坦白。

“我和这个人，鸟居麦，在大阪时交往过。”

航太郎醒了。但是还没有睁眼。小嘴巴好像在咬什么东西似的嚅动着。

“那已经是九年前的事情了。当时我二十二岁左右。后来，麦突然不知去向，虽然我一直想见他，但我决心忘记他，结果遇到了亮平，终于我要忘记麦了。没想到事到如今竟然在电视上可以看到他。”

我的手直哆嗦，话也说得很快。泪水在眼眶里打转，我深深地吸了一口气。玛雅一边轻轻摇晃着开始闹腾的航太郎，一边抬起头。

“朝子你吗？”

玛雅的眼神只是单纯地吃惊而已，一方面，声音里混杂着迄今为止没有听到过的怀疑和质问的语气。航太郎哭了。玛雅用力摇晃着，“哦哦哦”地安慰着。然后，她再次看向我。

“又来了，什么嘛。”

她笑了。我用另一只手按住一直哆嗦的手。

“朝子说这种笑话，你不觉得很少见吗？虽说跟亮平长得像，那也不可能交往啊。他可是电影主角。最心动的男人排行榜第一名哦。”

玛雅呼地吐了一口气，靠在了沙发上，披上了喂奶时用的披风。

“不，不是像亮平……”

我哪里解释错了吗？我想要检查以下我刚才说的话，可是想不起来了。

“你别那么严肃。还以为你要说什么大事呢。话说，你坐下来吧。”

开始喂奶的玛雅的脸色平静。航太郎看起来很幸福。

“我们是在大阪的时候见到的……”

不知道该如何继续这个话题，我先坐到了对面的沙发上。

原本关着的阳台的窗帘突然打开了，半藏进来了，吓了我一跳。心脏都差点停了。

“啊啊。”

半藏像往常一样发出声音，手里拿着园艺剪刀。他从玛雅坐的沙发后面经过，来到厨房，自己从茶壶里倒茶喝，说道：“这是什么呀？”

“在大阪的是亮平哦，这个人，一点也没有大阪人的样子。”

玛雅用细长的手指指着杂志上的照片。照片里的麦一般都不笑，在耍酷。明明可以不用这么做的。

“嗯，的确没有。”

“别说些让人稀里糊涂的话了。我差点就相信了。跟电视里的人，怎么可能交往呢？”

玛雅的妈妈也从阳台进来了，又吓了我一跳。她说道：“哎呀，欢迎欢迎，是哈希吗？”我低头问候，告诉她我是泉谷朝子。玛雅的妈妈身体很胖，总是穿着运动服。她拿着装有剪下来的枝条的透明垃圾袋，从我们中间穿过，走出门去。半藏似乎想抱抱曾外孙，他恋恋不舍地默默看着航太郎，这次从沙发前经过，再次去了阳台。

“玛雅不也上过电视吗？”

“像我这种的，和这些人根本不可同日而语。他们看似近在眼前，实则远在天边。当然或许有看两眼，说两句话之类的机会。但这么有名的人估计从一开始就注定不凡。好像来自另一个星球似的。”

看着麦的照片，我喝了口香草茶。

“嗯。”

麦的身后是荒野，不知道是哪里。

“或许是这样。”

我试着摸了摸上面有麦的那页杂志。纸的表面很光滑，我捏起一角提起杂志，翻到了下一页。我试着把他当作陌生人。实际上，我没有看过长着长头发，胡子拉碴的，三十一岁的麦。只是在电视和照片上见过。我其实跟玛雅，和在这个杂志上回答“现在，心动的男子”调查问卷的人没什么区别，换句话说，我跟鸟居麦没有关系。

“或许是因为跟亮平很像，所以我才觉得认识他。”

听了自己的话，我感到很正确，因此今后也会如此吧。

“这都是什么事呀。”

玛雅笑了，看起来很幸福。跟她说出了心里话，真是太好了。我为了什么而烦恼呢？

半藏又从阳台进来了。

“你面色不错啊。有什么好事吗？”

我向半藏做了一个加油的姿势。

航太郎又睡着了。外面传来了直升机螺旋桨的声音。

我给亮平打了电话。还去了他的家。并告诉他我喜欢他，除此之外什么都没有。我决定搬去大阪。

四月份了。

我将装不进壁橱的衣服，扔掉了一半。房间变得宽敞了。我很高兴。天气好得没法说。

道路上满是被吹落的樱花的花瓣，因为是白色的，所以显得很亮。

周六的代代木公园，人头攒动。

无论是樱花树下，还是宽广的草坪上，人群犹如络绎不绝的虫子大军，不断地涌出，不停地喧闹着。人们头上、脸上、衣服上、背包上的各种各样颜色时聚时散。公园里有许多人，颜色闪动，有点像什么呢？我想起是修拉的一幅名叫《大碗岛的星期天下午》的大型油画。我看过真画，所以知道它的大小。虽然画上的人没有这么多，但这里数不尽的人群就像《大碗岛的星期天下午》里的一个一个彩色的点。最近我才知道修拉三十一岁就死了。我今年三十一岁，我把眼前的景色看成了修拉的画，是不是要死了？于是我赶紧将视线从公园移开，仰望万里晴空。

天空中飘浮着春天特有的云彩，颜色跟樱花很相似。

“哇啊啊啊，好可爱呀。”

春代蹲在婴儿车前，用手指肚抚摸着航太郎的脸蛋。

“哇啊，滑溜溜的。”

春代的红色的雪纺衬衫的袖子和衣角摇晃着。坐在蓝色垫子上的玛雅用手前后推着婴儿车。她的眼睛，眺望着整体还被接近粉白色的樱花花瓣覆盖着的樱花树。

“来，那么我们来干第三杯。大家都拿好杯子了吗？”

我看见了站在人头后面的惠美琳的脸。她高举着塑料杯。我本来是跟着她来东京的，结果我们有一年没见面了。惠美琳那纤细的身体，惊人的大眼睛，在头顶高高绾起的头发，所有的都跟以前见到的一样。

“干杯，辛苦了。”

声音四处响起，塑料杯和啤酒罐聚在一起，碰撞着。惠美琳以前负责过一个小型电影的剧本，今天电影的工作人员、演员和现在的单位的同事、剧团时代的朋友（这里也包括我们），一共三十人，在开始的这一个小时内，人数还在增增减减。

“他几个月了？”

附近的一个栗色头发的女孩问道。她长得像高中生。

“四个月。”

“欸？那不是刚生下没多久吗？”

栗色头发的女孩的旁边，穿着淡蓝色条纹T恤的男子说道。他长得像个女孩子。春代又抚摩着航太郎的手和脸，一副着迷的样子。

栗色头发的女孩从另一侧摸着航太郎的头发，说道：

“他就像照亮周围的太阳一样啊。”

玛雅用手机给刚士发邮件。据说他马上要来接了。

一棵巨大的樱花树周围，围满了拿着相机的人们。手机上的相机、小型数码相机、支着三脚架、带有微距镜头的单反相机。捧着几十个镜头的人们仰望着斜上方。将眼前的樱花和长短不一的液晶画面里的樱花作比较。也有几个人，伸长胳膊，以樱花树为背景，将相机对准自己。所有行走的人们，都手拿各类相机。是不是在这个世界上，只剩下拿着相机走路的人呢？在樱花树林立的这个角落，蓝色和彩虹色垫子见缝插针地铺得到处都是，离得很近的素不相识的人们，似乎在一起开宴会，但是他们绝不互相搭话。尽管如此，一想到所有人都是因为樱花开了才聚到这里，我就非常开心。

一位大叔的相机掉到地上，正巧那里有块石头，长长的微距镜头碎了。我把那个人的样子收在数码相机内。数码相机虽然小，但很重。然后我用胶卷相机也拍了一张。

“耶——”

伴随着欢呼声，响起了叮叮当当的尤克里里的琴弦声。

“我们是电视俩兄弟，是每天只知道看电视的、没出息的人。我们在惠美琳负责剧本的《三只乌鸦和猫女》里干杂活。”

“我干过各种工作。今天，导演可能听不到了，我们就把这首曲子献给惠美琳。”

两个人唱了起来。“人生本来就是一无所有。只是起床和睡觉。今天也干活干累了。好事不会从天而降。这就是你的……人生。只有强者可以生存。弱者就是你。”

但是，周围人声嘈杂，歌声几乎传不到我这里。

紧挨着我们的学生们，开始了有惩罚性的游戏，男同学之间抱在一起，在草地上打滚。再旁边是一群貌似印度人的群体。他们吃着像印度烤鸡的红锈色的肉，似乎很好吃，看得我羡慕不已。一个眉毛很浓的女子，用一双大眼睛一直盯着这边看，我向她挥了挥手。

春代单手拿着绿色的啤酒罐，眺望着不亦乐乎的人们。

“我要不要也养个孩子什么的。”

“什么的是什么意思？”抱着航太郎的玛雅问道。

“我想养只猫。先养哪个好？”

“听说小孩出生时候就有猫，不会得过敏哟。”

“那好像是坊间传闻哦。”

条纹衫男子在一旁插嘴道。他自带水壶，正喝着温热的咖啡。栗色女子在垫子的另一侧，正在展示什么舞蹈。

“话说，管他什么先后，哪个不都一样吗？”

玛雅抚摸着航太郎的发际。航太郎的头发又长了。我从条纹男那里分了点咖啡。

“春代，你以前不是说，一辈子可能都不要孩子吗？”

“嗯，现在，我也在犯愁。”

“为什么？”

“你不觉得恐怖吗？我在想自己可以这样做吗？让一个人诞生在这个世界上。而且一旦诞生了，就一直会在的哦。”

“啊，我连说这种话都觉得有点恐怖。因为我觉得作为人类不应该说这种话。”

我和春代相互看了一眼，玛雅转动着眼睛似乎在思考。然后她说道：

“如果怀上了，也就觉得就是这样的流程吧。”

“所以，最好有个规定。类似于到多大年龄为止，要生孩子之类的。”

“那样也过于严格了吧。”

从刚才开始就不开心的航太郎终于哭起来了。春代用冰凉的手，抚摸着他的小脑袋。

“哎呀，对不起、对不起，你很可爱。可爱死了。”

爬在枯叶上的蚂蚁好大。

薄薄的数码相机的显示器里，春代喝干了啤酒，转向这里。

“哎，你又在拍了。”

再一次按下快门，出现了沙漏的图标，照片被存到储存卡里了。

“数码相机要拍下一张的时候超慢的。还是手动的快。”

我说道。又按了一下终于有反应的快门，拍下了又拿起一罐啤酒的春代。然后，我起身拖着平底鞋，尽量多地按下快门，在拼接成蓝色垫子的周围走着。显示器里的白色樱花漫天飞舞，好像随便画出的白色的毛茸茸的色块。只要是出现在画面里的，不管三七二十一我全都要拍。总之，要求数量。

“你是惠美琳的朋友吗？”

一个男孩拿着摄像机对着我。小小的圆形镜头里，我和公园圆圆的歪在那里。我拿着数码相机对准了他。

“是的。是在大阪时候的朋友。曾经在剧团帮过忙。”

虽是这么说，但我觉得在剧团帮忙的自己很遥远。我是因为惠美琳才来的东京，却经常去玛雅家，跟惠美琳最近很少见面，不过，惠美琳以前是春代的熟人吗？各种思绪不断浮现在脑海里。男孩通过摄像机旁边展开的显示器看着我。他弯着腰，后退了几步，对着显示器继续提问。

“现在，你干什么工作？”

“我要搬回大阪，马上就失业了。”

“哦哦。”

他朝着四方形机械的一角，表情愉快地说道。我一边想象着在他能看见的（我看不见）液晶画面里，我说话的样子，一边将手里数码相机放到下巴下，故意像电影里的镜头一样，一甩头，看向斜上方说道：

“或许这是我最后一次看东京的樱花了。”

“那么，我把这个用邮件发给你，让你随时都可以看。”

他停止录像，终于看向我这里。

“谢谢。”

他的脚下，有一个女孩，在人的屁股和脚的缝隙之间，勉强打开的电脑，操作着连在电脑上的另一台摄像机。工作服裤子里不知道装了些什么，圆鼓鼓的。

“我这里的照片也发给你。”

我探头看了一下她的液晶画面，里面自动播放着照片，从三个男子铺蓝色垫子占地方开始，到人陆续开始来了，最初的干杯，尤克里里双人组开始演奏的场面，樱花的照片为止。旁边有一个手机音乐播放器连着音响，钢琴的旋律正好给照片配乐了。照片一张一张地慢慢淡去，紧接着下一张又重叠着浮现出来。然后再从头播放。今天的事情已经成为回忆。回忆保存在电脑里。估计回忆也会在除了这里以外的其他地方，从我的电脑里可以看到，也可以打印。除我以外的其他人也可以。这算是在哪里呢？我也不清楚。回忆不像是我脑海里想象的那样飘浮在空中，它会在某个地方。另一边有一个男人跟我一样看着画面。他戴着一顶很深的网眼帽子，帽子下面能看见花白的头发。

“看起来好像是葬礼。”

“讨厌，为什么呀。这是结婚仪式啦。”

“什么？”

“你没有在结婚仪式的最后看过这种照片吗？我是兼职在做这个。”

“所以说是那个喽。前些日子我去的婚礼仪式，最后也放这种的，看完后，我就想我什么时候突然变老了，于是特意跑到厕所里去照镜子。”

“你原本也不年轻吧。”

看上去有四十多岁的男人被女孩说愣了，他无力反驳，只得默默地喝着啤酒。我蹲下来，看着放在女孩膝盖上的电脑。

“我可以看吗？”

浮现又消失的颜色透明鲜艳的脸庞。就是现在在我身后的人们。

“真羡慕你把人拍得这么好。”

“谢谢。”

女孩开心地笑了。从裤兜里掏出了奶糖递给我。

“欸？春代？欸？真的是你吗？好久不见，真不敢相信！”

尖锐的惊叫声使我回过了头，春代给已经喝醉了的惠美琳又斟上了酒。

两只乌鸦落在了附近，吓得学生队伍里的女学生尖叫着逃跑了。

我用数码相机的显示器，依次确认今天拍的照片。然后试着把第一张删除。先是出现了垃圾箱的图标。我选择了“是”和“不是”里的“是”。照片消失了。接下来出现了和删除的照片很像，但又有点不同的公园入口的照片，我也把它删除了。再按一次圆形按钮，刚刚才照的照片出来了。说明我已经删除了两张了。删除的照片就再也拍不到了，我反复回味着这个意思。心情既焦虑，又兴奋，因此我又删除了几张。不是因为觉得有意思，而是在自己心中有了新的感触，所以才想要再弄几次。储存卡里还可以存几百张。然而，我又删除了一张。

我把相机对准了人行道，观看着显示器。画面被一分为二，上面是樱花和天空的白色，下面是以人头和衣服为基调的黑色，非常有趣。我决定把这张照片发给刚才那个女孩。我用挂在脖子上的另一个小型胶卷相机靠近樱花，拍了十多张照片。我还想拍更多的照片。

樱花漫天飞舞的样子无论在哪里都像是在祝福。白色的花瓣掉了这么多，树上的花也不见减少，似乎花瓣是用别的设备喷出来似的。

刚士的母亲来接孩子了，玛雅把航太郎放进挂在肩膀的背带里，站了起来。

“再见了。”

睡着了的航太郎，被布层层包裹，好像一个很重的蚕茧。人越来越多，没法推婴儿车，刚士的母亲抱着折叠的婴儿车，玛雅被包裹和航太郎包围着，跨过鞋子、行李、人腿，几经磨难地走到了人行道。

我打开手机看了看。大约十五分钟前，哈希来邮件说“马上就到了”，到现在也没看到人影。或许她迷路了。我站起来环顾四周，周围坐满了人，但没有一个是认识的。哪怕有一个像的也好，可是一个也没有。玛雅、航太郎和她的婆婆向着公园门口走去，我目送着他们的背影，消失在人与树木林立的缝隙间。

过了不一会儿，从玛雅他们消失的缝隙里，哈希出现了。她朝着这边，用力地挥手。我走到人行道去接她，她说道：

“玛雅的孩子长大了。”

“见过面了？”

“没有。人太多，没法叫她。”

哈希只说了这些，就跑到最里面跟已经喝多了的惠美琳，用啤酒干杯。

“你好，惠美琳好久不见。出息了嘛。”

哈希用胳膊勒住惠美琳的脖子。

“喂，哈希，你让我吃点饭吧，都好久没吃了。”

“饭可以自己做。我给你做个包。手提包和挎包你要哪一种？”

“欸？挎、挎包？”

“OK。那么，再送你顿饭吧。”

“真的？哈希，谢谢。”

惠美琳一把抱住哈希，依次嚷嚷着自己要吃的菜名。

条纹男给了我一块他自己做的磅蛋糕。不知是哪里的托儿所还是幼儿园的人，推着两台小推车，在人行道上穿行，每台车里面站着五六个孩子，有两个孩子哭起来的声音像小动物。人有增无减。

“朝子，真的要回大阪啦。”

哈希啃着已经凉了的鸡肉烤串说道。

“我现在还觉得，我们店的工作更好。”

“谢谢。摄影展我会好好干的。到时候哈希要留宿哦。”

“没问题。”

粘在鸡肉串上的酱料凉了，变得像果冻，咽下去时，感觉从胸口往下的体温都跟着下降了。哈希的身后，春代用手机跟谁聊着。跟一个不在这里，离这里很远的人聊着。哈希轮流吃着鸡肉串和辣根味的薯片。

“亮平呢？”

“已经回大阪的事务所上班了。明天回来住一周，然后就彻底搬家。”

“是吗？那样最好。真心这么认为。”

惠美琳的前面，现在成了舞台，在那里，这次是一个女孩吹起了南美的笛子。曲调很悲伤。一定是恋人分别的曲子。春代回过头来。

“你是做包的呀。下次我去看看。你帮我找一个手提包，要能装的，而且看起来不土气的。”

“手提包的话，下周有跟这材质不一样的包要到货了。”

哈希从用了很久的糖果色皮包里，掏出正在做的宣传手册的复印件摆在面前。哈希的斜对面坐着一个长着胡须的男子，从刚才开始他就一直向这里偷看，复印纸摆出的瞬间，他指着最显眼的照片大声说道：

“啊，我想要这个！这就是我一直都在寻找的完美的形状！”

周围的人都回过头来，发现没什么大事，又回到各自的话题上。哈希一直盯着这个因为胖而占的地方比别人大的男子。

“你在找包吗？”

“是的是的，我打心眼里想要个包。”

他保持着坐姿，为了防止饮料洒出来，小心翼翼地向这里转动身体。问候道：

“你好。”

大概爱情要开始了。你好，哈希、春代和我也应声答道。和不认识的人说起话来很简单，但是和认识的人说话却越来越难了。

花瓣继续飘落着。

因为反射了日光，所以每一片花瓣看起来都很白。

不知不觉有五个人回去了，又来了三个年轻男女。他们一直横屏看着手机，坐在角落里。

“鸟居麦。”

只有这个部分听得非常真切。我抬起头来。

他们给从一开始就坐在那里的女孩们看了手机。

“在入口那里。”

“啊，真的耶。”

“现场直播？”

“很帅吗？”

“一般般吧。”

我看了一眼就坐在我旁边，察觉到跟我看着同一个地方的春代，她那黑色的大眼睛亮了。

“阿朝。”

春代叫道。用那只有我能听见的弱小的、坚实的声音。我打开手机，按下了“TV”的按钮。麦出现了。1.5 英寸大小。在大排档云集的广场，播音员拿着麦克风对着他，麦回头看向公园。几个小时前，我们就是从那里经过。从眼前这条蜿蜒的小路走过去就可以到了。就在附近。麦回头望去的方向，再往里面，就是我现在在的地方。

“走吧。”

春代晃动着红色的雪纺衬衫，抓住了我的胳膊。我看向参加宴会的人。除了几个人以外，其他都是今天第一次见面，大家玩得都很开心。吃吃喝喝、说说笑笑的。谁也没有注意到我要离开。我向人群外迈了出去。

“朝子。”

跟胡子小组玩得不亦乐乎的哈希，看向这里。

“你去哪儿？”

哈希的眼睛和声音明显在质问我。也可以说她在怀疑我。我立刻回答道：

“去趟洗手间。”

“我也去。”

春代随声应和道。哈希还是那副表情，说道：

“是吗？”

“马上就回来。”

说完，我就离开了。感觉背后哈希的眼睛一直在盯着我。

我和春代走得非常快。我心想还不能跑。不能让人察觉到我要干的事情。大概，春代也包括在内。

想要走出去也非易事。人行道上说着中国话的几家人在慢吞吞地走着，差点撞上。穿着游戏里的服装的孩子们在拍照，让我们稍等，一会儿说对不起，一会儿说谢谢。又有小孩子开始哭了。脚下跟我的房间差不多，连个落脚的地方都没有，我看着因信号中断，偶尔死机的手机画面，一点一点往前挤。麦在笑。周围很吵，即使音量开到最大，有时也听不见。过了一会儿，画面切换到麦这次参演的电视剧。公园很大，想要到麦的地方，要走很久。有这么宽广的公园，里面还可以自由地观赏樱花，我们是多么的幸运啊！

终于在许多黑色的人头的对面，看见了大排档的帐篷。有红色、黄色和粉色。还有一股甜甜的香味。

“啊，那个。”

在人群的上方，能看见绑在棒子上的照明器具。手机画面上，演播室的助手和常驻嘉宾都在，但却没有麦。聚集的人群似乎开始散去，我们逆流而行，来到中间，一群年轻人正在收拾照明和声音的器材。麦和主持人都不在了。

“是不是在那里面？”

春代指向了公园外的道路的另一头。那里跟公园一样，树木茂密得像一座座绿色的小山。在那对面，就是电视上播的地方，这一点我和春代都心知肚明。刚才播放麦上的那个节目的电视台的巨大建筑，就在那里。我们走出了公园的大门。车辆不断地从身边经过。我想起了被湍急的河流阻挡了去路的童话故事。我抬头看见了天桥。人行道在很远的地方。我们又折回公园，寻找天桥的入口，找到之后，我们渡过天桥，来到了对面。对面的建筑物，无论是体育馆、运动场还是建筑物，都是庞然大物。突然感觉自己很渺小。顺着一条笔直的小路，我们朝着一个四方形的建筑走去。那里仿佛是在森林中挖出来的湖一样，地势很低，安静而又宽广。中间的入口看似很近，实际上却是怎么也走不到。就像在梦里无法快速奔跑的感觉，或许说像电梯从停止到上升时的腿部失重的感觉更贴切一些。仿佛几十分钟过去了。终于来到外来人员入口，人却非常多。有带着孩子来的，有时间充裕的老年人，还有几个来看麦的女孩子。听说已经不让进了，有人生气地在理论：“真让人生气，别一副了不起的样子。”我们气喘吁吁，大汗淋漓。望着人头对面的大楼的墙壁和天花板看了好一会儿。

“好想看看啊！”

春代叹着气说。

“为什么？”

我问道。

“因为，是熟人嘛。”

春代略带吃惊地看着我说道。我再次敬佩她那黑色眼睛周围的长长的睫毛。

“我觉得阿朝也跟他见一面为好。”

春代稍微挺直了身体，透过玻璃幕墙，想看看大楼里面，但实际上什么也看不见。然后，她又幽幽地说道：

“反正我就这么觉得。你也要回大阪了。”

我嗯了一声。又看了一眼手机的画面。麦坐在摆着花的白色柜台前。然后又消失了。手机没电了。

“春代的手机能看电视吗？”

“看不了。在电车里还看电视会变傻的。”

“说的也是。”

玻璃的对面，能够看见我喜欢的，像褐色墙壁一样的人偶。我抬头仰望，天空开始放晴。

“啊！”

春代小声喊道。为了不让其他女孩子听到，她用眼神示意。转盘的对面停着一辆面包车，从里面下来了三个人，拿着像电视器材的摄像机和连接线。二十分钟前我们在广场的入口看到过他们。面包车的后面停了一辆中巴。窗户上贴着黑色薄膜，一看就像是艺人坐的车。春代回过头终于笑了。

“是不是还有下一场？”

我们走了过去。再远的距离，只要走出去，也会一步一步缩短。终于到了。春代在前面。跟头上缠着毛巾的年轻男子搭话。

“请问，这个，刚才拍过鸟居麦出演的节目了吧？”

“啊，是的。”

手套有点脏了的人，停了下了手，头缠毛巾的人则弯着腰，看向春代，阳光似乎有点刺眼。

“我们是麦的朋友，他还在吗？”

“不在……”

他站起身，明显很犹豫，然后看向了别处。那里有一个穿着西装的女人，察觉到有人看她，她很惊讶地看向这里，走了过来。春代用明快的声音问道：

“对不起打扰了。那个，您能跟麦说一下泉谷朝子来了吗？我们是朋友。”

“你们不是朋友吧。他已经撤了。”

女人略显厌烦地说道，脸上却堆满了笑容。

“欸？我们没有撒谎哦。在大阪时，我们关系真的很好。”

“总之，他已经不在这儿啦。”

“净怀疑人，人生是不会幸福的。”

春代说完，女人亲切的笑容变样了。趁着这个机会，我想要冲到面包车后面的中巴那里去。

“不行、不行，这怎么可以。”

头巾和手套男上前阻止了我。明明长得很可爱，还以为是好人呢。他们钻进了面包车，扬长而去。

“真火大。”

听到春代的声音，感觉果然还是春代，我不由得笑了。

“说是朋友，那更令人怀疑了。”

“你要说是前女友，那更被人家认为是疯子。你笑什么呢？我好不容易这么努力。”

春代的声音让人很愉悦，我也泄气了。口渴了，买水去。

面包车冷冰冰地关上门，出发了。随后褐色的中巴也开走了。我朝着远去的中巴那贴着黑色薄膜的窗户，用力挥舞着双手，直到看不见为止。

回去后，发现看花的人少了一半。紧接着，地方又被晚上来看花的人逐渐占领了。

“发生什么事情了吗？”

哈希问道。

“什么事也没有。”

我回答道。惠美琳一直哭着说：“谢谢大家。”

到了晚上。

我终于下定决心把杂志全部扔掉，于是开始捆绳子。为了取出塞在架子和架子之间的缝隙里的杂志和纸袋，我移开了四方形房间角落里的电视架，只见墙壁后面有一个黑色的印迹。形状像火焰腾起的热气。一直开着的电视上，介绍有个公司开始做起了克隆死去的宠物的买卖。地点是美国。美国真是什么都有。失去亲人的人，想要重现的是亲人的模样，而不是心。抱着跟死去的狗一模一样的黑狗，大妈很高兴。死去的狗复活了，是不是意味着这人死了呢？所以我要去大阪。

翻开杂志，看到了一个满是星形铆钉的皮包的照片。这是三年前的秋冬款皮包，虽然我很想要，但是价格让我瞬间断了念头。我去店里看过了，去了两次都深受感动，去第三次时它已经不在了。过了三年，那个包的美感丝毫也没有减退。我要是有钱人的话，一定会买下这个包，然后向设计师和公司的人表明，我支持这个包，请继续做出这样的好作品。即使我只是去看看，心情也一定能传达到。这样想着，我撕掉了那一页。从架子上、床底下拖出来的杂志，堆了一地，房间里好像经历过地震一样。

我打开窗户，亮平来电话了。

“再过两小时就结束了。然后我就坐荒木的车去你那里。”

亮平的声音，被吹到电话接听器的风声给盖住了。

“知道了。”

“东西减少了吗？”

“少了很多。你会感动的。”

“了不起。”

我很高兴。因为我被亮平表扬了。今后的人生中，如果亮平一直都在，我也一定能做好自己。能够体贴别人，过好人生。

我整理出了六堆杂志。累得我坐在了地板上，去看电视。电视播放着天气预报。明天有一股热空气流入，气温将会回升到相当于五月中旬的热度。从大陆吹来的风，将日本列岛上空的白色云块一点一点地吹向了东面的大海上。日本列岛鲜明地出现在画面上。大海也一览无余，没有云彩的地方竟然有如此广阔。

我想把电视扔了。亮平有一台根本不看的电视，或许这台电视扔掉比较好。我站起来，把手放在电视上。好热。声音和热气从侧面流出。简短的新闻也结束了，播音员低头行礼。不知是哪座楼顶的摄像机，照出了夜晚的街道。高层建筑的四角的红色警示灯一闪一灭，速度像呼吸一样快。

暖风从外面的黑暗处，穿过窗户吹了进来。隐约能听见音乐声。有什么东西掉到阳台的栏杆上，发出声响。两声、三声。像雨点滴落的声音。

回头发现电视已经关了。遥控器在脚下碎了。我关上窗户，上了锁。玄关也要关，于是我走过去确认。门是锁着的。我听见了敲门声。

“朝朝。”

是我知道的声音。我用手按住门锁。铁锁很凉。我用另一只手按住门洞。手靠近时，手掌中间有一个圆圆的小亮点。

“朝朝。”

又听到了一声。手掌摸着的门，变得温热起来。这只是自己的温度转移过去而已。但是，也许温度是从外侧升起来的。

“朝朝对我挥手了。所以我来了。”

我早就知道，自己没有任何犹豫。我摸到了锁，咔嚓，响起了铁与铁之间移动、碰撞的声音。门开了。麦站在那里。跟白天在电视上看的一样，脸庞消瘦。我问道：

“接下来你要去哪儿？”

“白浜。”

“和歌山的？”

“坐别人的车去，所以不要紧的哦。”

“嗯。”

我扑过去，双臂环住了麦的脖子。这瘦削的身体，拥抱着我的长长的胳膊，就是麦。

长久以来，我一直等待的麦。

我先把临时用的东西塞进包里，五分钟都没用上。因为我知道便利店、电器行、服装店在日本哪儿都有，不用担心。在此期间，麦从外面的走廊里看向天空。然后唱起了歌。估计是我知道的歌曲。

我走下楼梯，一辆好像要去哪里做电气工程似的白色面包车停在那里。室内灯是开着的。

“晚上好。”

副驾驶的女子打开窗户问候道。她从金褐色头发下，用一双三白眼打量着我的全身。

“晚上好。”

我笑着应道。女子对面的驾驶座上，一个方脸、满脸胡须的男子探过头来。我知道那个是导演。因为在电视上见过。那个人说道：

“晚上好。坐后边吧。虽然有点挤。”

最后一排的座位是折叠的，上面放着纸壳箱和大袋子。刚才在阳台上听过的音乐，在狭小的空间里回响。跟在我身后走下来的麦，先上了车，把座位上的东西挪开。我坐在那里。用力关上了门。拉门滑动的声音，听起来非常舒适。

“拜托了。”

我说道。

“先去吃点什么吧。”

女子看着交通地图。

“好的，好的。”

男子一边说着，一边发动了汽车。经过绿色的林荫道，转过熟悉的街角，下了坡，来到了玛雅家的公寓前。半藏房间里的灯是关着的。从马路上看不见玛雅的房间。

“道路太窄，车很难开。不过这条街道很有意思。”

麦说道。

“嗯。”

我答道。好想炫耀一番。风从打开的车窗吹了进来。迎着风我张开了手掌，像抓住流水的感觉。我依偎在麦身上，麦用冰冷的手抚摸着我的脸。

“麦，你明天，休息吗？”

“我辞职了。”

麦在我的眼前微笑着。我第一次明白“怀念”是什么感觉。

亮平打来电话，我跟他道歉了。

巨大的休息区，是一个曾经在电视上看到过的地方。虽然是晚上，但人还是很多。感觉是赏樱花的延续。里面很亮。仁美将接近金色的头发用发夹夹住，开始吃放有肉丸子的拉面。

“其实我吧，想去外国看看。”

仁美穿着带帽子的厚卫衣，胸上画着张老虎的脸。我喝着担担面的辣汤。

“哪个国家？”

“不冷的话，哪儿都可以。还有，天气要晴朗。”

“啊啊。”

我非常理解这种心情。所以，明天应该是晴天吧。

仁美和雄吉的目的地是鹿儿岛。雄吉是麦演的第一部电影的导演，他盖的小家在鹿儿岛，雄吉和仁美二人要住在那里。远处有山，一定是个好地方。仁美是个完全没有笑容的人。

“先学做那个国家的菜，然后教附近的人做日本菜，五年左右，估计也厌倦了，再回来开店。就做那些学过的外国菜。你不觉得这个主意不错吗？”

“那这个国家就不要太大，但是又要有点名气，而且饭菜很好吃。”

“你知道那种地方吗？”

仁美抬起眼皮看着我，我有点紧张。高大的、毫无遮挡的空间里，回响着人们的说话声，感觉比实际人数还要多。

“那个，……迄今为止你都去过什么地方？”

“哪儿也没去过。连本州都没有出去过。”

“欸？修学旅行也没有去过吗？”

“我休息了。因为被欺负了。”

“九州总去过吧？”

“海峡，这个字眼听起来就很美吧。”

仁美手肘支撑在桌子上，不耐烦地把头发弄到上面，另一只手打开手机后又合上了。她就这样斜视着我。身后，雄吉拿着包子和油炸竹荚鱼回来了。

“那个给我点。”

“吃得也太多了吧。”

雄吉露出亲切的笑容，把食物递给了我们，在仁美的旁边坐下，吃起牛肉盖饭。他对一直吃着面条的我说：

“有没有感觉到累？”

“完全没有。”

“那就太好了。”

我心想既然雄吉说好了，那就是我可以这样继续坐车了。我看见麦从黑暗的外面走了进来。即使距离很远，我也一眼能认出他，这让我很高兴。

“春天真冷啊。”

麦缩着肩膀，绿色的风衣的褶皱被天花板上耀眼的灯光照耀着，形成了光圈，随后又消失了。

“你也吃点东西。”

雄吉递给他炸鱼，他却拿了冰激凌吃起来。粉色的冰激凌很适合麦。

旁边一家四口对面而坐，开始了惊喜的生日庆祝会。在这个瞬间，那位父亲好像正好是四十岁。

仁美说那个人跟她一样大。

深夜大巴并排停着。一个穿着带条纹的高腰袜子的女学生，上了去往大阪的大巴。她以前曾跟冈崎一起搞过乐队。名字忘记了，所以没法上去打招呼。

紫色的光照亮了夜晚的道路。

我靠在麦身上睡着了。为了防止我睡着的时候，麦不见了，我握住了他的大拇指。麦一直没睡。

夜晚和早晨之间有条界线。超过这条线，天亮得就快了，感觉我们坐的车的速度也变快了。隧道与隧道之间，有一个在山谷的小村落。田地里空空如也，大山与人家的边界，以及田间小路上开满了樱花。樱花大都是集中在一起种的。在清晨的略带昏暗的阳光下，只有那里是白色的，好像一片空白。

阳光直接照进车内时，我醒了。

“好亮。”

麦一直看向车外。

“太阳升起的时候，感觉不是一天的开始，而是结束。”

我一直顺着麦的侧脸的轮廓看着他。令人怀念的脸，熟悉的声音。或许我心里一直认为，我和麦可以就这样一起去某个地方。

雄吉从驾驶座上说道：

“哪个都一样吧。”

仁美还在睡着。

车子在快到天王寺车站时停下了。打开车门，冷冽而清新的空气涌了进来。笔直的道路上，还少有车辆行驶，花坛前，鸽子在啼叫着。不是乌鸦，而是鸽子，所以我们现在不是在东京，而是在大阪。

“这里真的可以吗？”

仁美从副驾驶座上转过身子看向我们。脸稍微有点肿，终究到最后我都没有看见她笑过。

“雄哥，谢谢你。”

麦说完，推了一下我的后背。然后打开后车门，开始卸行李。

“等等。”

仁美向我招手，我靠近车门。她把胳膊放在全开的车窗上，对我悄悄地说道：

“这种时候，就不要回顾过去了。”

她伸出右手，抓住了我的胳膊。眼睛几乎在瞪着我。

“向后看的话，就在那里结束了，所以，要一直向前走。”

“谢谢。到了的话，我给你发照片。下次，我们去鹿儿岛玩。”

“如果我们能开到的话。”

她松开了我的胳膊，扑通一下靠在座椅上。用困倦的眼神打了一个大哈欠。

麦去买票了，因此我在卖奖券的前面的柱子那里等他。

“你看着这个。”

麦把纸箱和装着包的行李箱的把手交给了我。

“不要让别人碰它或者打开它。”

“嗯。”

麦的纸箱跟在冈崎家的一样，上面都有橘子的图案。虽然看起来像一个，但是这个更新。箱盖没有用胶布封上，而是交叉地搭在一起。我注意到一个小孩站在箱子跟前。

“你中过奖吗？”

男孩的身高还没有卖奖券的窗台高。

“没有。”

“你太不走运了。”

“现在，一切都如我所愿。”

我自己对自己点头。男孩跑到在排队买奖券的妈妈那里去了。

那位妈妈买了很多奖券，有一沓钱那么厚。

我们乘上了浅绿色和琉璃色的，颜色非常清爽的特快列车。里面也是浅绿色的就好了，可惜不是。麦坐在了窗边。

“麦，你都去哪些地方了？”

“各种地方。”

麦将视线移向窗外很远的地方，答道。

“既宽广又辽阔，感觉没有尽头。”

“我知道麦是这么想的，就可以了。”

几天前，我半夜打开电视，看见麦说道：“去中国的时候，感觉非常的辽阔。既宽广又辽阔，似乎没有尽头。站在没有尽头的地方，我就想要一直在这里。我觉得这种想法也不错。然后我就坐上了火车，去更远的城市。”那是麦第一次演的电影。他演的是从中国回来寻找分手的恋人的摄影师。虽然是电影的台词，但我知道麦说的是自己的心里话。那个电影里，雄吉和仁美也演了一个片段。三个人在一个陈旧的公寓里喝酒。画面很温馨。

“麦。”

我试着叫了他的名字。

“能看见大海吗？”

麦眺望着被灰色建筑物淹没了的街道。

右侧能看见大海。左侧能看见大山。山上深绿色和黄绿色好像拼接在一起似的。

"所有的树都长满了叶子。"

麦嘟囔道。我困得脑后发麻，但不想睡觉。

天阴了。

麦说给他起名为"麦"的父亲的老家还在，所以他要去白浜，正确的地点是在白浜附近。从大阪坐新干线，比去东京稍微远一点，我们在一个是花名的车站下了车。

走出了空无一人的车站，穿过了空无一人的转盘或者说是空地。走了五分钟后，两侧的大山迎面扑来，我们走进了山谷中间的小道。虽然能看见几户屋顶是蓝色瓦片的人家，但是没有车也没有人。麦拉着的行李箱的轮子，在粗糙的道路上发出的响声，在山谷中回荡。山坡上等距离地种着几棵树。树很矮，新抽出的枝条笔直地伸向了空中。

"那是什么树？"

麦问道。我回答说：

"梅树。"

它是开白花呢？还是开红花？接下来我意识到，自己竟然不知道，做梅干用的梅树开的是什么颜色的花。连这种事情都不知道，我着实吃了一惊。黄莺婉转地啼叫着，虽然看不见河面，但却能听到淙淙流水声。爬上舒缓的山坡，眼前是一片淡粉色的世界。开满许多小花的树木排成了一排排。每次风一吹过，淡粉色的花瓣就从那些低矮的树木上随风飘来。

“樱花漫天飞舞。”

麦说道。我凝视着掌心中的小小的桃色花瓣。

“不对，这是桃花，”

“桃子，到了时候才可以吃？”

我们从桃林中间的，草已经被踩倒的小路上继续往前走。

“七月吧。”

“是七月。七月是夏天。”

周围十分寂静。

杂草丛生的空地的对面，就是目的地的房子。被烧得只剩下乌黑的柱子和房梁。

从空地旁边的地里，走过来一个大娘。

“请问，那个房子是怎么回事？”

我指着黑色的残骸问道。

“着火了。听说是放火。在这种地方，真是恐怖啊！”

接着大娘用温和而平静的声音说道：

“你们也小心点啊！”

还给了我们一些巧克力。

靠近烧过的残骸，也没有烧焦的味道，真是神奇。只有草、水和泥土的味道。

原本是房屋的木头变得黑乎乎的，上面形成了鳞片的花纹。像乌鸦的羽毛一样发着蓝光。麦捡起变成焦炭的木片。

“怎么办呢？”

他的手指上沾上了黑色的煤灰。

“不要紧。总会有办法的。”

我说道。因为我觉得必须说。

在一个人也没有的车站等车的时候，手机里来邮件了。是哈希发过来的。

“以后你不用跟我联系了。”

上面只写了这些。几乎与此同时，玛雅也发来了邮件。内容完全一样，看来哈希和玛雅见面交谈过了。铁路旁边丛生的车轴草上方，一只黄色的小蝴蝶在翩翩起舞。麦走下铁路，用双手扣住了一只蝴蝶，松开手后，蝴蝶又开始飞舞了。

在回大阪的特快列车上，我看见了沉入大海的夕阳。

新大阪站的候车室里人还是很多。我们决定追着雄吉和仁美去鹿儿岛。打电话的时候，他们说有空房间，随时欢迎。我和麦今天不能到，打算走到哪儿算哪儿。我们买了最后一班去博多的车票。火车每次进站时，上上下下的人群声都很嘈杂，我一边堵住耳朵，一边听着手机那头传来的春代的声音。

“我以为你见到麦，就能对自己的感情有一个了断。所以我说回大阪之前，结束这段感情为好。”

“我也这么想。到昨天为止。”

说完是昨天后，我想真的是昨天吗？昨天的那个时候，我还没有见麦。从那时起，似乎过了很长一段时间。我全身乏力。一直都是乘车，为什么会这么累呢？每次坐上速度快的东西的时候，我总是这么想。旁边有一对精疲力竭的母子俩，男孩的背包里插着一个黄色的喇叭。我看不见春代在什么地方打电话，所以不清楚。春代继续说道：

“那不都是十年以前的事情了吗？”

“十年？你今年多大？”

“二十八。阿朝三十一。”

“三十一……”

“我说，阿朝。”

我听见了春代的呼吸声。她一定是要说，我必须得认真听的问题。

“我很生气。我很喜欢亮平。阿朝，你太差劲了。所以，这是我最后一次跟你通话。”

“知道了。”

春代说完再见就挂断电话。手机的画面上显示有留言。听后才知道是冈崎，他说吓了一跳，麦来电话了，所以他把我的地址告诉了麦。麦还说好久不见，跟他问好。我关上电话，放进包里。头上的显示器里的火车进站信息不断被更新。最上边的火车信息消失了。火车出发了。回头看见麦回来了。麦真的回来了，我高兴得快哭了。麦递给我一瓶茶，茶很热乎。

“事情，办完了？”

“办完了。”

我回答道。麦看向人群逐渐减少的检票口。

“夜晚的列车感觉能去很远很远的地方。”

“是去很远的地方哦。”

“远近都没有区别。如果想去又能去的话。”

“嗯。”

麦伸出手，我抓住他的胳膊，站了起来。检票口的机器旁边一直站着警察。几个小时都一动不动，这是何等的忍耐力啊！真令人感动。好几个人拖着拉杆箱，轮子的声音重叠在一起，形成一个巨大的声音在空中回荡。

过了新神户后，麦睡着了。好像是没电了一样睡着了。我一直抚摸着麦的头发和手。

山阳新干线的隧道很多。已经是晚上了，所以也没什么大碍。

车内的卖东西的推车来来回回地走动。进出口上方的荧光板上，显示着天气预报。明天也是阴天。

寂静的车厢内，一直能听见车体风驰电掣般的声音。手机振动了。打开一看，是春代发的信息。没有标题，只有两张照片。好像是用手机拍下的，打印好的照片。角落因为反光而模糊不清。是张横拍的照片，所以我把手机横了过来。第一张是春代和我拿着粉色的毛茸茸的东西在摆造型。后面是铁架子搭的舞台和金黄色的银杏叶和校舍。我又看了另一张。右半部分是冈崎的脸。他正着瞪大眼睛，咧着大嘴在搞怪，但因为离相机太近，所以有点模糊。另一半是我和麦靠在舞台边上。是麦。十年前的麦看向这里。不长不短的头发，发梢略微翘起，我把照片放大，他经常穿的绿色连帽衫，熟悉的T恤。似笑非笑的脸。薄薄的嘴唇、从中途变成的双眼皮。笔直的眉毛。我无数次回忆起的那个模样，全部都在这里。我一直盯着那张脸看。时隔十年看到的麦的脸，慢慢地进入了我的身体里。

我看到了。令人怀念的麦的脸和一直在旁边盯着他看的自己的脸。十年前的我和现在的我，同时在看麦。身后的黄色银杏树的叶子正在飘落。黄色的叶片静止在空中。

如果不是在新干线上，如果身旁没有人，我一定会尖叫。

不对。不像。这个人，不是亮平。

我看着旁边熟睡的麦。

这个人，不是亮平呀！

就在那时，希望号列车冲进了隧道。窗玻璃在黑暗中成了镜子，我看到了我自己。这个我和照片上的我也不是一张脸。脸颊和下巴下面的阴影，与隧道中的黑暗的墙壁混在一起。我不知道自己竟是这副模样。

就像气枪把一整块空气压缩出去一样，希望号来到了隧道外面。零星的房屋和道路的灯光，与映在窗玻璃上的我和麦重叠了。

我把手放着麦的脸上。

“对不起。麦。”

我轻轻地拉着麦脚下的纸壳箱的盖子。麦没有任何反应，睡得很安详。我慢慢地掀开一条缝，看见里面有个塑料包。再打开大一点，只见箱子里放着各式各样的面包。我停下手，注视着箱子里的暗处。然后从近处开始依次拽出袋子。我把能装的面包都装进包里。因为我觉得今后需要食物。

我在冈山站下了希望号列车。麦依然靠在窗户上睡着，我在长长的、长长的站台上，目送着他离开。

七月十二日。因为东京还是早上，所以蝉没有叫。

我在四楼。阳台上映出一个黑影。我慌忙站起来。视线跟随在空中移动的那个身影，原来是只头、脖子、羽毛和腿都很长的灰白色的鸟，它慢慢地横穿过去，扇动两次翅膀，维持高度，在虽然有很多房屋和公寓，但却没有特别高大的楼房的，一望无际的世田谷街道的上空滑翔。在阴沉沉的、不安定的乌云下，长长的鸟喙指向前方。从嘴尖到尾巴足有一米长。苍鹭滑向左边的天空，然后画了一个圆圈，数次改变方向后，向右边一直飞去。随后只是滑行，便飞到很远的地方。一米长的苍鹭，即使离得很远，也能清楚地看到它的身影。在很远很远的前方，绿树变小的地方，才消失。那里是三个月前我住的地方。现在那个房间里，没有人在。

“你要待到什么时候？”

回头一看，不知何时仁美回来了。她扔下包，瘫倒在沙发上。我关上了阳台的纱窗，坐在地板上。房间里很闷热。

“刚才我看到了一个很了不起的东西。”

趴在在沙发上的仁美，不耐烦地只把脸转过来。

“是只大鸟。”

我兴奋地说道。因为仁美一声不吭地闭上了眼睛，所以我也沉默了。她闭着眼睛说道：

“从这里往车站那边去，一直走十分钟左右，有一个公园，你知道吗？”

“不知道。”

“不是说它很大，有运动的地方，而是有个池子，周围长满了树。还有木莲、樱花、紫阳花、百日红、金桂和茶花哦。厉害吧？”

“一年到头都可以看到花啦。”

“朝子，一点就透。”

堆在厨房的洗碗槽上的碗倒了。还没到打碎的程度。

“那个公园有一棵很大的朴树。旁边有个公寓。是个旧式的三层楼。我想住在那种地方。”

她翻过身来，脸朝上，卫衣兜里的手机响了。仁美取出手机，用大拇指打开，看了画面后，就直接开着放在矮桌子上。我瞄了一眼，是一张一只羊在绿色大山前的照片。雄吉只身一人留在那里。

“爱情什么的，就是你能否把错觉坚信到底吧。”

仁美闭着眼睛嘟囔着。我知道她还在犹豫。我站起身，开始洗水槽里的碗。只听见仁美说道：

“得把窗户关上了。”

风好像变凉了。仁美关上了窗户。我关上水阀，坐着和仁美一起看外面。好像是把黄绿色变暗了的，颜色奇怪的乌云覆盖着天空。突然一阵风吹来，对面公寓的阳台上方的什么东西被刮走了。豆大的雨点像瓢泼一样落下来。原本想要高飞的燕子，被风吹得又飞回了地面。眼前一片白茫茫，连对面的建筑也看不见了。

“这是自然界的奇观啊！”

仁美痴迷地看着外面。猛烈拍打过来的雨点和大风，使大楼的墙壁发出了呻吟般的声音。我和仁美被白色的大雨包围，仿佛只有我们两个人被留在这个黑暗的屋子里，谁也见不到。但是，那仅仅是十分钟左右的事。白色大雨的对面，隐约能看见建筑物的影子，逐渐地影子的颜色越来越深，雨停了。

“这就下完了呀。”

“那边的人，可惨了。”

对面大楼的背面有一个公寓，阳台上的衣服乱七八糟地贴在栏杆上。打开窗户，像凉水一样的空气飘了进来。天空中一闪，打雷了。仁美说道：

“你还打算待在我家里？”

八月份了。

从仁美的房子一直朝南走，就是我四月份前住的房子，因此我朝南走去。来到绿荫道上，转过拐角，我发现了两个人的身影。

“亮平。”

我使出全身的力气喊道。亮平回过头来。

“真的假的？”

亮平停下来，看向这里。挽着他胳膊的千花，呀地尖叫了一声。我向亮平靠近了三步。

“我在找亮平。见面了我想跟你说我喜欢你。所以我要说，亮平，我想和你在一起。”

亮平没有吭声。他注视着我。他的头发长了。今天的红色T恤也很适合他。千花再次转身朝这里喊道：

“你还有脸说这些？你知道自己都干了些什么吗？不可能什么事都顺着你的心来。”

“你能不能走远一点，我和亮平有很重要的事情要说。”

“你说什么呢？亮平现在跟我在一起，你看不见吗？”

“那是亮平和千花的事，跟我和亮平没有关系。”

“你胡扯什么！”

千花捡起脚下的石头，扔向我，我躲开了，没有打中。千花重新调整呼吸，这次用低沉的、清楚的声音说道：

“三十好几的人了，没朋友，没工作，没家！”

“那是我的事情，我自会处理。五分钟也好，你随便去哪待一会吧。”

“渣女。”

两年没见的千花，稍微瘦了点，有点像大人了。涂着橙色唇彩的嘴唇，很漂亮。一个牵着毛茸茸的狗的女人，一直边走边盯着我们看。

“亮平。”

我又一次叫了他的名字。光是叫名字，我的内心已经感到满足了。我想再多叫几次。

云彩的颜色变了，像黄色和灰色混杂在一起的昏暗的阳光，开始笼罩着这个城市。

“我们走吧，亮平。”

千花抓住亮平的胳膊，强行拉着。细长的手腕上，金色的手镯闪闪发亮。直愣愣地站在那里的亮平说道：

“你先走。”

那是亮平的声音。能再次听到我很开心。千花瞪大她原本就已经很大的眼睛，抬头看着亮平。然后，轮流看着我们，用力甩开了亮平的手。

“什么呀这是，你们俩也太恶心了！太差劲了！”

绿荫道上本来禁止自行车同行，从我后面却来了一辆黄色自行车。上面坐着一个剃着寸头的年轻男孩。他在我们中间停下，坐在自行车上，盯着千花。半截短裤的下面的腿上有大力水手的刺青。从两侧树林里吹来的风，突然变冷了。大力水手男开始吹起了口哨。他吹得非常棒。这首曲子好像在哪儿听过，是歌唱骑自行车的流浪汉的《雨点不停地打在我头上》。千花问道：

“她到底哪儿好了？”

刚才还有点恍惚的亮平，一下子回过神来，看着我说道：

“大概是……脸？她眼睛有点分开……”

这还是头一次听说，我吃了一惊。不过，他要是觉得好的话，哪里都无所谓。是哪个部位，不是什么大事。听到亮平的回答，千花靠近我说道：

“就是普通的一张脸嘛。”

千花的耳形很漂亮，上面带着一个闪闪发亮的耳坠，她确认似的摸着耳坠，继续说道：

“你不是傻吧？”

然后她直勾勾地盯着我的脸，一字一句地说道：

“我最讨厌像你这种人了。装作很柔弱，明明自己什么都不干，却到处献媚，真恶心。今后我绝对不会喜欢这种人。”

“你这么想，我也没办法。”

“讨厌。”

千花又说了一遍，然后横坐在自行车的后座上，用胳膊环住了大力水手男的腰部。

“走吧，阿元。”

“去吃饭吗？”

“嗯，我饿了。”

“打雷了。”

两个人骑着自行车，在填平了蜿蜒的河流后建成的蜿蜒的道路上，慢慢地走远了。

我对亮平说：

“我想你。”

我们还隔着两米远。亮平用右手挠着头，稍微考虑了一会儿说道：

“我已经不想见你了。”

从我身边经过的亮平，无视信号灯，横穿过马路。然后头也不回地往前走。风果然很冷，我躲在了最近的便利店里。一分钟后，大雨瓢泼，沥青路上的水像河流一样流淌，上面滚落着被风吹来的纸箱。正面建筑物的墙壁上也水流成河。呜呜的声音，分不清是水声还是风声。我听见了一声尖叫，不知道是在近处还是在远处。

这只是十五分钟左右的事情。靠近便利店的门口，透明的玻璃门自动左右打开。好像是什么事情开始了。雨后的天空格外美丽。我朝着绿荫路走去。到处都是破损的塑料伞。由透明、白色和银色构成的塑料伞，正要变成新的形状。

亮平站在狭窄的马路对面。因为停电，信号灯灭了。绿荫道上的泥泞变成了河流，不久流水停止了，形成了一个巨大的水洼。

“你在干什么？”

察觉到我的亮平问道。

“你来干什么？”

这次他像发火似的大声吼道。我顶回去了。

“我不是说来见亮平了吗？亮平走这种地方，我们才会见面的嘛。”

“我住在那里。朝子住的公寓后边的那家。有梅树的那家。”

“从什么时候？”

“你管它什么时候。那个家对我来说刚刚好。”

亮平冷冰冰地说完后，似乎思考了一会儿，然后说道：

“上个礼拜。”

亮平很善良，但是我已下定决心，再也不能辜负这份善良。我努力在记忆中搜索着，自己五年前住的公寓后面那座房子的模样。深褐色的墙壁倒是印象深刻，房子的形状有点模糊了。不过，既然亮平说好那就没差。街道旁的一户人家的二楼开着窗户，从里面伸出一只手，似乎在试探外面的空气，晃动了几下后，又缩了回去。里面还传来电视的声音。想必是新闻吧，并且会给这场突如其来的大暴雨起一个新名字，反复进行播报吧。

“我也要跟你一起住！”我使出了全身的力气喊道。

自己的声音大到自己都听得真真切切。亮平的平底鞋上粘着泥泞。那是亮平喜欢的红鞋子。

“你知道自己在说什么吗？”

“不知道的话，我也不会说出来。”

反复重复着同样的话，感觉很麻烦，但是我不能嫌麻烦，于是依旧努力地说道：

“不管怎么样，只要跟亮平在一起，我就知足了。”

我试着靠近亮平。亮平没有动。我来到他跟前。好像不要紧，因此我抚摸着他的手。他胳膊上的肌肉很坚硬。被太阳晒黑了。或许他去哪儿玩了。毕竟是八月份。我又摸了另一只手。亮平一直盯着我的手。看到他没有拒绝，我试着抱住了他。我把脸贴在了他那干爽的T恤衫上。

“我，不相信你。”

亮平的声音在就在头顶附近响起。

“我曾觉得你会离开我。但实际情况更恶劣。”

我问道：

“现在也是吗？”

“或许吧。”

我下决心要努力。我松开亮平，看着他的脸，这是一张非常熟悉的脸。

“我是来见你的。”

我对他说。

“我想见亮平，所以才来这里。我觉得回到原来的地方，就能见到你。”

亮平看了一会我的脸，又看了一会儿树木、天空和道路。水滴从树上唰啦唰啦地落下来，将泥水溅了起来。水被开始干燥的泥土吸收了。树叶也好，泥土也好，铁也好，都色彩鲜明。鲜明得让人怀疑，颜色是不是会越来越深，最后停不下来了。

亮平问道：

“刚才的那是什么歌？”

“雨点掉到我头上的歌。”

我唱起了那首歌。除了刚开始跟标题一样以外，我也不知道歌词，所以就随便唱唱。虽然不知道歌词大意，但是是我喜欢的歌，内容也一定错不了。附近树木的红色花朵，嘭的一声开了。对面人家的栅栏上缠绕的植物的黄色小花也陆续开放。

避雨的乌鸦飞走了。它上升的速度比我抬头看它的速度还要快，几秒后就达到了二十米的高度。从建筑物里出来的人们，跟刚遇见的人，谈论着大雨和狂风的身影，变成了一个个小黑点，四处都能看到。遮天盖地的建筑物的房檐和楼顶，被雨淋湿，整个城市仿佛被水浸过一样，发出混沌的光芒。乱积云向北方移动，西面已经露出了云的缝隙。缝隙越来越大，终于越过城市，连大海上也万里无云了。

解说 另类的恋爱小说

丰崎由美

解说　另类的恋爱小说

丰崎由美

啊，这么说来，柴崎友香的小说里描写的爱情，怎么形容呢？总是与众不同。尽管笔致端正清秀，但是读完后心情却难以平静。内心深处有一种违和感，一种好像被毛刷子刷到了似的奇怪的感触。

例如，2007 年出版的《再见你之时》。这部小说描写的是：时隔六年，为了跟高中时代喜欢的同学鸣海再会，有麻（我）跟公司请假，从大阪来到东京的周一到周六之间发生的故事。有麻跟鸣海有特别的回忆，那就是休学旅行。大家玩了一个无聊的心理测试，其结果是，鸣海认为有麻是他的性伙伴，“当时，我就想，果然心里想的事情瞒不住别人啊”。虽说如此，之后两人并没有交往，不知道鸣海的朋友问她跟鸣海是什么关系时，她的反应很冷淡，只是说：“我们连手都没握过。我和鸣海的女朋友关系很好。”

“‘怎么说好呢？嗯嗯，动物的直觉？我完全没有说，他长得帅，就跟他交往的这种心情，只是觉得，跟鸣海在一起时，有一种像动物似的感触。’

“‘被你越说越糊涂了。’

“‘也是。’

我也没有想要再解释下去。如果跟谁说出这些话，会离自己感受的事情越来越远。或许鸣海的事情就是这样。”

看了这些对话，作为读者的我会想：“啊，那么，他们俩就不是恋爱关系喽。”但是，再次见到鸣海的有麻，被告知马上就要结婚了，却又“一瞬间，差点停下来了。”“我喜欢鸣海默默地看着我的感觉，并且想要多感受几次。”那么，我又觉得“欸？那么，他们果然还是恋爱关系吧。”总之是很难做出判断。

说起这个鸣海，也是个奇怪的人。对于明明有男朋友，却缠着自己不放的年轻女孩凪子，还让她住在自己和订婚女友同居的家中，女友为了准备结婚，回老家时，他还让有麻住在自己家里。不仅如此，他还把罐装低度烧酒递到有麻嘴边，亲手喂她喝。

“鸣海微微歪了一下头，笑容已经消失了。冰冷坚硬的酒罐的感觉又回到了唇上。与此同时，明明刚才哪里也没摸过，我却有一种错觉，鸣海的手和酒罐一起触摸过我的脸。与其说是手，不如说只是温暖柔软的感觉，触摸了被风吹得冰冷的脸和手。”

读到这里，迟钝的我也终于略微察觉到了，这是关于“性欲”的故事。有麻以十七岁的小小年纪，通过动物的直觉就领悟到，鸣海是她最佳的性伙伴。一般人的话，会误把它当作“爱情”，而两人却正确地（但是，没有用言语表达出来，只是朦胧地）认识到这是“性欲”。年轻时候的“爱情”容易将性欲和爱情混为一谈，而《再见你之时》正是将这种爱情，在没有真正的性爱的情况下，彻底描写出来。这是非常了不起的一件事，果然还是跟别人不一样。因为长大后，能跟“朋友以上，恋人未满”的男孩见面，读者会觉得这是甜蜜的故事。但其实我们读的是，围绕着“爱情和性欲很能区分”这种大煞风景的真理小说。哎呀，太腹黑了。太残忍了。心里痒痒。

也就是说，从表面上看，文体和作品世界的氛围都很柔软，很容易被称为“女孩系列”的柴崎友香，其实是相当的狡猾。这股狡猾劲儿的升级版就是《黑夜白昼》。故事的大致框架，尽管有的地方也很甜蜜。

一九九年四月，大阪。大学毕业后刚参加工作的朝子（我），对偶然一天内见到两次的青年一见钟情。

“不是我的喜好如何，而是等着我的就是这个。”

青年的名字叫麦。迄今为止在各地流浪的麦，即使跟朝子交往以后，也偶尔会失踪，充满了神秘感，让朝子很不安。果然，那年的冬天，去上海旅游的麦从此音讯全无。

二〇〇五年，七月。朋友转到东京的剧团，在那里写剧本，以帮助朋友的名义，两年四个月前来到东京的朝子面前，出现了一个跟麦一模一样的青年。他的名字叫亮平。不知不觉两人开始交往，二〇〇七年四月。成了炙手可热的新晋演员的麦，和通过电视与之相会的朝子……

读到这个故事梗概，觉得扫兴的人，更应该读下去。被命中注定的男子抛弃的主人公，与跟他长得一模一样的男子交往的设定，命中注定的人成为演员再次出现的剧情发展，认为这些“太老套”的人，绝对应该读一读。因为这完全不是大家想象的那种小说。围绕一见钟情的故事情节，为什么就变成这样一个结局呢？读完后，你一定会瞠目结舌，因为这是一部另类的爱情小说。

“与麦在同一个地方，无论睡去还是醒来，麦都在，麦摸着我说好困，这种事情的发生超乎了我的想象。心情无法平静。与麦相识以来一直是这样。”陷入如此热烈的爱情，虽说是为了保护朝子，但对于不问青红皂白就使用暴力的麦，“阿朝，你觉得那种处事方法对吗？我觉得这可是相当的不妥。”即使朋友担心，“嗯，很喜欢。”朝子也把这种担心当作耳旁风。刚开始我还一笑了之，认为是年纪轻，没办法。渐渐地朝子对于麦那热烈的爱情，一点点变了样。

她无论如何也要把亮平看成是麦，问他“你是鸟居吗？”明明比麦个子矮，却认为“不是什么大问题”。知道比自己和麦小三岁时，她又想“什么时候只有我年龄又大了。啊，是这样啊！去上海的时候，日本已经过去三年了。不对，也有可能是有年龄差的双胞胎。”朝子想的事情多么的荒唐啊！但是，真的这么像吗？继续读下去时，朋友说亮平“好像跟麦是一个类型的”。受到打击的朝子反驳说“不是这样的，真的很像，就说是一个模子里刻出来的也不为过”。朋友还是一票否决说是“不一样”。在故事的结尾，有个登场人物感叹道：“爱情什么的，就是能否将错觉坚信到底。”跟这句名言一样，对麦陷入盲目状态的朝子，对于读者来说，是一个无法提供正确信息“不可信的说书人”。将她的这种样子逐渐暴露出来的作者的笔致，比真正的悬疑剧还要刺激。朝子决定和亮平一起回大阪，从她准备收拾行李的场景开始的最后三十页，故事的发展所带来的震惊和厌恶感达到了极点。无论读多少遍，每次都被朝子的已经达到恐怖程度的自私给吓到。这本书就是拥有这样一种带有震撼的破坏力，让读者觉得“再也不要谈恋爱了”。

如上所述，不仅仅是故事情节跟之前的作品相比，力度有所提高。不看电视却一天二十四小时开着电视，出门时必定带着胶卷相机，“眼睛看见的东西，全部都要拍下来”。主人公是拥有着这种愿望的视觉人物。这部作品，把已经是柴崎友香的代名词的“眼睛的文体”表现得更加淋漓尽致，在这里我们可以遇到很多这样的表达方式。

例如，小说的开头，就把“我”在高层建筑的二十七楼所看到的风景描写得细腻精致。“我”的眼睛看到了地上的样子，看到了走动喧闹的孩子，看到了情侣、远山和玻璃上流淌的雨滴。原以为会一直这样持续下去时，突然跳出下面的一行文字。

“我一眼就看到了他的全部。”

将映入眼帘的各种东西，无间断地拍下来的相机的眼睛，在这里变成了人的眼睛。成为得了一见钟情病的泉谷朝子个人的眼睛。小说中迄今为止流淌的时间，在这一瞬间冰冻了。让已经习惯于风景描写的读者为之一惊。这种间离效果超群的一行文字，在后面再次出现，让读者的心再次骚动起来。

“我一眼就看到了，只是笔直地站着的那个人的全部。”

与亮平见面的时候的版本里，这个不稳定的重复现象也很明显。

与麦/亮平见面时，分别是烟花的声音/金属制造的东西掉下来时产生的巨大的声响来表现，通过穿插讲述（对于朝子来说）一模一样的麦/亮平的不同之处，以及真人/照片、现在/过去、现实/愿望的对比，鲜明地描写出很容易失去这些的朝子的精神状态。柴崎友香在这部长篇中，除了“眼睛的文体”以外，在各种场面都运用了巧妙的构思。以前曾经向我们展示“爱情很难与性欲区分开”的作家，在这部小说里，她使出了浑身解数，揭露了看上去滑稽、令人愉悦的恋爱原本应该包含的异样感。重要的事情我再说一遍。最后三十页发生的事情，我一辈子也忘不了。它在我的内心深处，留下了一种被毛刷子刷剩下的，非常讨厌的感触，让我充分领略到了柴崎友香这位作家的厉害之处。因此这是一部毋庸置疑的杰作。

新小说与漫画

同一所城市的不同夜晚

小说 柴崎友香

漫画 森泉岳土

同一所城市的不同的夜晚

我觉得走路的时候，无论是自己，还是周围的人和道路上的车辆，都像流水一样。

宫益坂就是流向谷底的水流，现在我还清楚地记得，第一次在这条路上走的时候，就曾这么想过。“涩谷”的确是谷底，再也没有比这更直白地表现地形的名字了。水流停止的山谷。这就是我第一次来到这个城市时，最初的记忆，至于为什么是从那里开始起步的，我就不记得了。

估计是与谁见面，我才走这条路的。从哪儿到哪儿呢？我想不起来了。

十年前，我曾在这个城市待过两年。住在一个只停靠慢车的车站商店街尽头的公寓里，从这里坐电车十五分钟左右。我在广告公司负责拍

还是老样子

空气稀薄，
呼吸变浅

在涩谷车站下
车后，每次我
都犯困

摄工作。因公司规模缩小，所以我辞职了，回到京都还是干老本行，后来搬到福冈，干起了别的工作，跟在那里认识的人一起生活。此次，为了开始新的工作，时隔八年我再次回到这座城市居住。

与最初的记忆一样，头顶上的榉树叶子依然郁郁葱葱。抬头仰望，夹在楼房与楼房之间，宛如河流般狭窄的天空，正被成千上万，或许是上亿的绿叶覆盖着。微风吹起，树叶沙沙作响的声音，也跟当初一样。

只不过，当初是白天，现在是晚上。夜深似海，舒缓的流云朦胧地反射着来自地面上的亮光。榉树的新绿在灯光的照耀下，犹如塑料造的假叶子，“人工的”这个形容没有多大意义，因此我不用，我喜欢这虚幻的黄绿色。

温热潮湿的空气好像是水一样围绕在身边，我不得不扒开它前行。倾向谷底的坡路很陡，我像被拽着一样向下奔去。这是重力。所以，我才觉得自己像流水吧。现在是，十年前也是。

我也不知道最后一次走这条路是什么时候，但与当初有一点不同的是，大型的建筑物不见了。对面被白板围住看不见。

昨天，N 来的邮件里提到那个地方。

我完全不知道那栋大楼是日本第一个分开出售的公寓。本来它看上去也没有那么旧。要说旧是有点旧，精心设计的楼梯的曲线、信箱区域的造型，的确有时代感，但是，一九五三年？没想到是这么久之前建的。也就是，战争结束不到十年，或许我只是想当然地以为，那种钢筋混凝土的高楼，是在之后的时期造的。还是说东京的时间流逝得跟别的

不知为何总是
感觉像是在一只鼓起来的巨型青蛙体内

地方不一样。无论现在还是以前。我之所以进这栋大楼，是因为我来东京找房子，而中介公司就在这里面。

在房屋中介公司里，负责接待我的是一个年轻男子，年龄看上去跟我差不多，名字也很相似。我们坐着带有公司标志的车，到保佑天寺还是碑文谷附近看房子，回来的路上，遇到堵车，完全走不动，我也不清楚那里是哪里，因为当时我对东京的路还不是很熟悉。两个大男人，坐在狭窄的车内，感觉气氛很尴尬，我记得那个家伙语速奇怪的快，一直说个不停，并开始八卦个人信息，什么这里住着模特、以前还给某某演员带过路等。他还说，现在周刊杂志上报道的行为奇特的女演员，从老家出来，跟他父亲一起住，跟电视剧里的形象完全不同，很亲民、人也不错。决定租房子后，还给了他巧克力。听他这么说，后来我也一直觉得这个女演员人不错。我明明清楚地记得楼梯和入口的模样，却怎么也想不起来那家中介屋内和屋外的样子。或许是跟别的时候的事情搞混了。

我又重读了一遍，手里的小型液晶画面上的邮件。在我之前，N 在这座城市住了三年左右，后来一直在国外。信号灯绿了，我穿过人行横道，走在车站旁边的窄道上，车站里面正进行大规模的建设。走到哪里都在维修建筑。无论是最初来到这座城市时，还是住在这里的时候，没有一天不在维修的。总是临时通道、临时包围、临时出口。只看到做到一半的临时的模样，不禁让人怀疑，是不是永远都看不到建成后的样子了。

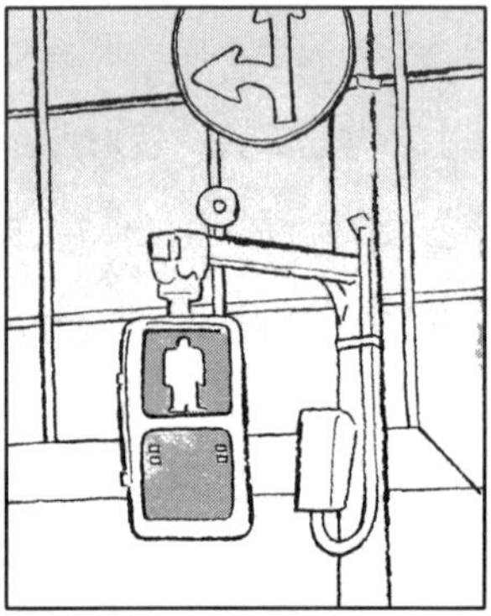

信号灯变绿了

看着退到高架下昏暗的店铺，我不经意地想起了一个人的脸。

那是十年前，我刚搬到东京后不久，在狭窄的单身公寓里，我半夜醒来睡不着，所以就打开电视，看深夜的连续剧。当时，我不怎么看电视，它只是一个显示器，用来播放租来的 DVD 什么的。跟时间更早的电视连续剧不同，这个电视剧图像的质感看起来像胶片电影，走在路上的男人的背影总觉得很吸引人，于是我就停住握着遥控器的手，就这样一直看下去。

我不认识这个男演员。但感觉又好像在哪里见过，看了一会儿，我明白了，我是第一次见这张脸。当时，电视剧只有短短的三十分钟，而且是最后一集，住宅小区的细长的河流上有一座桥，演到他在那里等人的时候，电视剧结束了。

之后，正好是走到这附近的时候，我在交叉路口前方的巨大的广告牌上，发现了他的脸。我首先想到的是“那张脸”。不是“那个人”，而是“那张脸”。

从那以后，我经常能在杂志的封面上、电车里的广告、电影和电视剧里看到他的脸。他演的所有电影我都去看了，电视剧也录下来了。我还是第一次对一个演员这么感兴趣。我在深夜的电视里发现他两年以后突然辞掉了工作，之后我再也没有见到那张脸。或许是时间正好重合了，在我的心中，曾经居住过的这个城市与那个演员的脸是连在一起的。

河水缓慢地、蜿蜒着流过这座城市。无数条河流在谷底汇聚。速度

减缓的河水互相碰撞、淤塞、形成漩涡。但是，不知何时，又各自分开，乘上了别的水流，流向远方不见了，就像为了没有迷失目的地的瞬间，一开始就决定好似的。

可以反复看到人如潮水的交叉路口，被相机包围着。以前也一样，这个世界上的所有人，二十四小时照相机不离身，因此相机的台数增加了。是几十倍呢？还是几百倍呢？

地铁入口的屋顶上，一名男子架着摄像机。信号灯转变期间，一群孩子跑到马路中间，躺下拍照，然后又跑回去。从这个能俯视交叉路口的星巴克的座位上，从井头线往这边走的小路上，总是有人举着相机。

接下来要见面的地方，是住在这个城市时的朋友指定的店，在马路的里面。刚来东京的时候，我和朋友去过那家店。周围的大楼被夷为平地，只有几个小型建筑留了下来，周围是空的，只剩下马路，感觉很奇怪。店在马路的最里面。

那个时候就感觉这家店随时会被夷为平地，早晚要消失，因此点开朋友发送来的链接，那熟悉的外观出现的时候，“那家店已经没有了吧？”不在这个城市的我差点说出这样的话。从那次联系以来，一周过去了。现在我还觉得那家店已经不在了，我谁也见不到。一边这样想着，我一边以一种像被缓慢的水流推着似的心情往前走。

城市变样了。原本什么都没有的地方，冒出了几栋高楼大厦，伸向天空。天空的样子也变了。

明明只住了两年，记忆却如此清晰，令我吃惊。若是让我画出以前

以前我经常来
这条街
经常去的酒吧因为老化被拆掉了，
所以渐渐就疏远了
一度
现在施工的地
方，曾经有个
杂居大楼

的风景，我是绝对做不到的，但是看到眼前的风景，我却明确地感到不一样。

是这里，却又不是这里。

好像跟记忆的场所对答案一样，我左右确认周围的店，走上又窄又陡的坡路。如果这是条河的话，我就是那条在湍急的河水逆流而上的鱼。在我来这里很久以前就有的店还在，新店估计已经换过好几次了。

我像攀岩一样爬上楼梯。上来之后发现什么都没有。

我不相信什么都没有。

上个月，只回国一个星期的 N 发来的邮件也写着“没有”，我回信说“我不信”。虽然预料到是这样的结果，但是那么大的建筑，整个都消失了，令人难以置信。里面的书店、剧场、服装店、饭店，很多我都去过。如今那里只是一片空气。透明的空气与夜空连接在一起。

因为我的记忆是如此的鲜明，所以我只能认为书店、剧场、服装店、饭店和扶梯还在，只不过是搬到了别的地方。我很想告诉别人，“说不定哪里有一个通往那个地方的入口，到时我们就可以去那里了。”

空空如也的地方，盖着白色板子。上面是跨着电动红色摩托车的金田。跟我小学时在电影院里看到的《阿基拉》一模一样，当时在电影院里，我做梦也没想到，三十年后，我竟然能在跟电影里一样设定的，马上要召开 2020 年奥林匹克运动会的东京，在山坡上的像废墟一样的空洞里和金田面对面。因为当时我不知道今后我还会活三十年。

霓虹东京是东京湾的设定，那么我走的这个东京是什么东京呢？白

人都搬走以后，我曾偷偷钻进来过
为什么呢

色的墙壁上画着东京两次被破坏的漫画，我绕着围墙转了一圈，从别的山坡上下去。

N 的邮件上写道："现在我所在的中国的城市跟东京很像。去年去的韩国，和前年去的台湾的街道，也多次让我感觉像东京，像中学时第一次去玩的东京，也像当时本地的繁华街道，总之，不是现在，是像过去某个时候自己所在的城市。有时甚至觉得就是那里吧。上周去食堂吃晚饭，最里面有位大叔特别像我爸，实在是太像了，我甚至犹豫要不要跟他说说话，我一边喝着啤酒，一边看着他的侧脸，有好几次我都怀疑那是不是我爸的灵魂，不过我爸还活得好好的。坐在附近的女孩用日语问我是不是日本人。我跟她说自己是从东京来出差的，后来我们就在一张桌子上吃饭，在此期间，她问我有没有什么好吃的店，然后她当场就搜索了我告诉她的店，做下记号后离开了。在外国生活以后，我时常会想，自己小时候生活过的城市，是不是在别的地方还存在。"

我也想去 N 每周都去的那家店看看，但是估计没有这个机会吧，一边这样想着，我一边下了山坡，向着人流再次淤塞的地方走去。

十年前，住在这里的时候，我对东京还不太熟悉，既没有特别想去的地方，也没有一起喝酒的朋友，涩谷是最大的、也最容易一个人出入的地方，因此我每周都来两三次，在东急 HANDS、LOFT、铁塔音响，以及老家和其他城市也有的店里转来转去，再买一两个哪儿都有卖的杂货回去。

东急 HANDS、LOFT 和铁塔音响都在同一个地方，其他的在同一

现在我仍然觉得
当时的我还在那里

栋大楼或者同一家店的跟我记得的地方一样。有的地方还在，有的已经不在了，这两种情况同时出现，好像梦境一般。

我坚信朋友指名要去的店，就在我走到这里的期间，绝对会消失不见的，但是它还在。马路、店面都完好无损。两侧的空地，一侧做了停车场，另一侧还是空着，被栅栏围了起来。

小路在里面转向右方，再往前一点，就是终点的店铺。橙色的灯光照在厚重的木门上。墙壁上凸起的房子形状的招牌，看着很眼熟。

门旁边站着两个女孩。前面的一个，身材瘦小，身穿带有复古图案的连衣裙。另一个背对着我，看不见脸。

她们对面站着一个二十几岁的女孩，她身体修长，长发飘飘。黑色靓丽的直发一直垂到腰部。长头发女孩好像在打电话。她的手机贴着右耳，头也稍微倾向右侧。

“我相信爱情。”

在寂静的马路上，我清楚地听到她这样说。

“因为最开始教会我爱的人，告诉我可以相信。”

“爱”这种词，在平常的谈话中不太会出现，何况是“相信爱”这种话更是难以说出口，也许它是人名。我就有三个同学叫“爱”。名字里有“爱”，所以一生会写很多遍“爱”字。

她睁开大眼睛。像是在看小个子女孩，又像是在看着半空中，也像是在看着我。说她是个美女也行得通。如果说她的脸是五官端正、但缺乏个性，让人很难记住，或许也没错。

接下来我跟同事去吃饭
喂？
怎么啦艾米？竟然给我打电话
是的，现在我在涩谷
我这边还是老样子

“爱，不就是那样吗？”

我差点跟着点头了，在小个子女孩回答“嗯”的时候，直接推门进去了。

入口处的一群客人正在干杯，突然进入如此喧闹的地方，我的身体失去了平衡。“您不要紧吧。”年轻店员扶着我的胳膊问。“是的，”我答道。然后告诉他我朋友的名字，他用低沉的声音说在那边。

靠里边的座位上，有一张熟悉的面孔。

“哇啊，好久不见。”

邀我前来的朋友说道。还有两个人是我住在这里时的朋友，另一个则是第一次见面。

“你一点也没有变啊！”

朋友看着我说道。我也重复着同样的话。但是，不可能没变。

点完饮料后，刚才在门旁边的两个女孩进来了，加入了我们这一桌。朋友说道：

“来，介绍一下，这是跟我在同一个地方上班的中村和小米。”

借着明亮的灯光，我越看那张脸越觉得像人工的、仿佛接近于人类的某种制作精良的东西，这种时候，一般人都是笑容满面，或许是由于她没有这样做的缘故。

“小米。”

我像鹦鹉学舌似的嘟囔了一遍。

我突然想到也许刚才是错把“米”听成“爱”了。（译注：日语里米是 MAI，爱是 AI，发音很相似。）

“嗯。”

她看着我点了点头。

“写成‘米’字，读‘MAI’。”

“名字不错吧，”一旁的朋友说道。